Ao amigo que não
me salvou a vida

Hervé Guibert

Ao amigo que não me salvou a vida

tradução
Julia da Rosa Simões

todavia

I

Tive aids durante três meses. Mais exatamente, acreditei durante três meses estar condenado por essa doença mortal chamada aids. E eu não estava imaginando coisas, estava de fato infectado, o teste positivo o provava, bem como os exames que demonstravam que meu sangue começava um processo de falência. Ao cabo de três meses, porém, um acaso extraordinário me fez acreditar e ter quase certeza de que poderia escapar dessa doença que todo mundo ainda considerava incurável. Assim como não revelara a ninguém que estava condenado, exceto aos amigos que se contam nos dedos de uma mão, não revelei a ninguém, a não ser a esses poucos amigos, que sairia dessa, que eu seria, por aquele acaso extraordinário, um dos primeiros sobreviventes no mundo dessa doença inexorável.

2

Hoje, 26 de dezembro de 1988, começo a escrever este livro em Roma, para onde vim sozinho, contra tudo e contra todos, fugindo daquele punhado de amigos que tentaram me deter, preocupados com minha saúde mental, nesse feriado em que tudo está fechado e cada passante é um estrangeiro, em Roma onde definitivamente percebo que não amo os homens, onde, disposto a tudo para fugir deles como da peste, não sei com quem nem onde comer, vários meses depois daqueles três meses em que tive plena consciência da certeza de minha condenação, e nos meses seguintes, em que pude, por aquele acaso extraordinário, acreditar-me salvo, entre a dúvida e a lucidez, à beira tanto do desânimo quanto da esperança, não sei também o que pensar sobre nenhuma dessas questões cruciais, sobre essa alternância entre condenação e remissão, não sei se essa salvação é uma isca colocada diante de mim, como uma armadilha para me acalmar, ou se de fato é uma ficção científica da qual eu seria um dos heróis, não sei se é ridiculamente humano acreditar nessa graça e nesse milagre. Vislumbro a estrutura deste novo livro que guardei em mim todas essas últimas semanas, mas não sei como ele se desdobrará de ponta a ponta, posso imaginar vários fins, por enquanto todos no âmbito da premonição ou do desejo, mas sua verdade como um todo ainda me está oculta; digo para mim mesmo que este livro tem sua razão de ser justamente nessa margem de incerteza, comum a todos os doentes do mundo.

3

Estou sozinho aqui e eles sentem pena de mim, se preocupam comigo, acham que maltrato a mim mesmo, esses amigos que segundo Eugénie podem ser contados nos dedos de uma mão me telefonam regularmente com compaixão, a mim que acabo de descobrir que não amo os homens, não, decididamente, não os amo, preferiria odiá-los, e isso explicaria tudo, esse ódio tenaz desde sempre, e começo um novo livro para ter um companheiro, um interlocutor, alguém com quem comer e dormir, junto a quem sonhar e ter pesadelos, o único amigo hoje suportável. Meu livro, meu companheiro, tão rigoroso ao ser originalmente premeditado, já começou a me manipular, embora aparentemente eu seja o capitão absoluto dessa navegação sem instrumentos. Um demônio se esconde em meus porões: T.B. Parei de lê-lo para deter o envenenamento. Dizem que cada reintrodução do vírus da aids por fluidos, sangue, esperma ou lágrimas, reinfecta o doente já contaminado, talvez digam isso para conter seus estragos.

4

O processo de deterioração de meu sangue avança a cada dia, no momento meu caso se assemelha a uma leucopenia. Os últimos exames, com data de 18 de novembro, me dão 368 T4, um homem saudável tem entre 500 e 2000. Os T4 são os primeiros leucócitos que o vírus da aids ataca, enfraquecendo progressivamente as defesas imunológicas. As ofensivas fatais, pneumocistose nos pulmões e toxoplasmose no cérebro, se desencadeiam em contagens de T4 abaixo de 200; hoje elas são retardadas com a prescrição de AZT. Nos primórdios da história da aids, os T4 eram chamados "*the keepers*", os guardiões, e a outra fração de leucócitos, os T8, "*the killers*", os assassinos. Antes mesmo da disseminação da aids, um inventor de jogos eletrônicos havia representado a progressão da doença no sangue. Na tela do jogo para adolescentes, o sangue era um labirinto no qual circulava o Pacman, um personagem amarelo acionado por um controle, que devorava tudo que via pela frente, esvaziando os diversos corredores de seu plâncton, enquanto era ameaçado pelo surgimento proliferante de personagens vermelhos ainda mais gulosos. Se compararmos a aids ao jogo Pacman, que demorou para sair de moda, os T4 formariam a população inicial do labirinto, os T8 seriam os personagens amarelos, perseguidos pelo vírus HIV, representado pelos personagens vermelhos, ávidos por cada vez mais plâncton imunológico. Muito antes da certeza de minha doença, confirmada pelos exames, senti meu sangue de repente a descoberto, a nu, como se uma roupa ou capuz sempre o tivessem protegido, sem que deles eu tivesse consciência porque eram naturais, e como se alguma coisa, eu não compreendia o quê, os tivesse retirado. Eu precisava viver, a partir de então, com esse sangue desnudado e exposto, como o corpo despido que precisa atravessar um pesadelo. Meu sangue desprotegido, em toda parte e todo lugar, e para sempre, exceto por algum milagre com transfusões improváveis, meu sangue nu a todo momento, no transporte público, na rua ao caminhar, sempre perseguido por uma flecha que me tem por alvo a cada instante. Será que isso se vê em meus olhos? Não me preocupo tanto em conservar um olhar humano quanto em adquirir um olhar demasiado humano, como o dos prisioneiros de *Noite e neblina*, o documentário sobre os campos de concentração.

5

Senti a chegada da morte no espelho, no meu olhar no espelho, muito antes de ela realmente se instalar. Será que eu já emanava essa morte quando olhava nos olhos dos outros? Não a revelei para todos. Até então, até o livro, não a revelara para todos. Como Muzil, eu teria gostado de ter a força, o orgulho insano, a generosidade também, de não revelá-la a ninguém, para deixar as amizades viverem livres como o ar, despreocupadas e eternas. Mas como fazer quando estamos exaustos e a doença chega a ameaçar a própria amizade? Contei para alguns: Jules, depois David, Gustave, Berthe, eu decidira não contar para Edwige mas senti desde o primeiro almoço de silêncio e mentira que isso a afastava terrivelmente de mim e que se não seguíssemos imediatamente o caminho da verdade logo seria tarde demais, então contei a ela por lealdade, precisei contar a Bill pela força das circunstâncias e me pareceu naquele momento que eu perdia toda a liberdade e todo o controle sobre minha doença, e depois contei para Suzanne, porque ela é tão velha que já não sente medo de nada, porque ela nunca amou ninguém exceto um cachorro pelo qual chorou no dia em que precisou se livrar dele, Suzanne que tem noventa e três anos e com quem igualei minha expectativa de vida depois dessa confidência, que sua memória podia tornar irreal ou apagar a qualquer momento, Suzanne que era totalmente capaz de esquecer na mesma hora uma coisa tão enorme. Não contei para Eugénie, almoço com ela no La Closerie, será que ela vê nos meus olhos? Entedio-me cada vez mais com ela. Tenho a impressão de só ter relações interessantes com as pessoas que sabem, tudo desmorona e se torna vazio, sem valor e sem sabor em torno dessa notícia quando ela não é abordada no dia a dia pela amizade, quando minha recusa me isola. Contar a meus pais significaria me expor a que todo o mundo me cagasse na cabeça ao mesmo tempo, significaria ser cagado na cabeça por todos os idiotas do mundo, significaria deixar minha cabeça ser esmagada por suas merdas infectas. Minha principal preocupação, nessa história, é morrer ao abrigo do olhar de meus pais.

6

Foi assim que entendi as coisas, e foi o que eu disse ao doutor Chandi quando ele começou a seguir a evolução do vírus em meu corpo: a aids não é realmente uma doença, dizer que é simplifica as coisas, ela é um estado de fraqueza e abandono que abre a jaula de nossa fera interior, à qual sou obrigado a dar plenos poderes para me devorar, a deixar que faça sobre meu corpo vivo o que ela se preparava para fazer em meu cadáver para desintegrá-lo. Os fungos da pneumocistose que são jiboias constritoras para os pulmões e a respiração e os cistos da toxoplasmose que destroem o cérebro existem dentro de cada homem, o simples equilíbrio de seu sistema imunológico os impede de circular livremente, enquanto a aids dá o sinal verde, abre as comportas da destruição. Muzil, que ignorava o teor daquilo que o corroía, disse em seu leito de hospital, antes mesmo de os cientistas descobrirem: "É uma coisa que deve ter vindo da África". A aids, que transitou pelo sangue dos macacos-verdes, é uma doença de feiticeiros, bruxos.

7

O doutor Chandi, com quem eu me consultava havia mais de um ano, depois de subitamente deixar o doutor Nacier, que eu acusava de indiscrição por fofocar sobre as bolas mais ou menos caídas de alguns pacientes famosos, mas que eu recriminava ainda mais, na verdade, por ter acrescentado, ao fazer o diagnóstico de meu herpes-zóster, que a recrudescência dessa reativação da varicela era constatada em pessoas soropositivas, pois até então eu me recusara a fazer o teste, havia anos acumulando em gavetas as várias requisições feitas por ele em meu nome ou em nomes falsos para me submeter ao exame de rastreio da aids, denominada LAV e depois HIV, alegando que aquilo significava levar ao suicídio um sujeito inquieto como eu, convencido do resultado do exame sem precisar fazê-lo, muito lúcido ou muito iludido, afirmando ao mesmo tempo que o mínimo de consciência moral consistia em se comportar nas relações amorosas, que tendiam a diminuir com a idade, como um homem infectado, pensando secretamente ao atravessar uma fase de esperança que aquela também era a maneira de se proteger, mas decretando que esse exame só servia para impelir os infelizes ao pior tipo de desespero enquanto não se descobrisse um tratamento, eu respondera exatamente isso a minha mãe, a atroz egoísta, que numa carta me pedira para tranquilizá-la em relação a essa preocupação; o doutor Chandi, o novo clínico geral que Bill me indicara, elogiando sua discrição e especificando que ele atendia um amigo em comum que tinha aids, que por isso identifiquei na mesma hora e que até então havia sido protegido dos rumores pela absoluta discrição do médico, apesar do renome do paciente, fazia os mesmos procedimentos na mesma ordem, a cada vez que me examinava: depois das costumeiras medição de pressão e auscultação, ele inspecionava a sola dos meus pés e a pele entre os dedos, abria delicadamente o acesso ao canal da uretra, tão facilmente irritável, e então eu lhe lembrava, após ter sido apalpado na virilha, no ventre, nas axilas e na garganta, sob os maxilares, que era inútil usar o palito de madeira clara, cujo contato minha língua recusava obstinadamente desde que eu era pequeno, preferindo abrir bem a boca à chegada do feixe luminoso e pressionar com uma contração dos músculos guturais a úvula bem no fundo do palato, mas o doutor Chandi sempre esquecia a que ponto essa habilidade lhe deixava o campo muito mais livre do que o palito liso cheio de farpas imaginárias, ao longo do exame ele havia acrescentado, na inspeção do palato mole, e isso de maneira um tanto insistente, como se a seguir coubesse a mim, com incessantes controles pessoais, a verificação de que não se instalara naquele lugar um sinal decisivo da evolução fatal da doença, uma observação do estado dos tecidos que margeiam os nervos, às vezes azulados ou vermelhos-vivos, que prendem a língua a seu freio. Depois, segurando meu crânio por trás com uma mão e apoiando o polegar e o indicador da outra no meio da testa, com uma forte pressão, me perguntava se eu sentia dor, acompanhando as reações de minha íris. Ele concluía o exame perguntando se nos últimos tempos eu tivera diarreias constantes e copiosas. Não, tudo ia bem, graças a ampolas de Trophisan à base de glicídios eu recuperara meu peso anterior ao emagrecimento por herpes-zóster, isto é, setenta quilos.

8

Bill foi o primeiro a me falar da famosa doença, eu diria que em 1981. Ele voltava dos Estados Unidos, onde tinha lido, numa revista médica, os primeiros relatórios clínicos dessa morte particularmente elaborada. Ele mesmo a mencionava como um mistério, com lucidez e ceticismo. Bill é diretor de um grande laboratório farmacêutico produtor de vacinas. Jantando a sós com Muzil no dia seguinte, contei-lhe do alarme soado por Bill. De seu sofá, ele se deixou cair no chão, retorcendo-se num ataque de riso: "Um câncer que afetaria exclusivamente homossexuais, não, seria bom demais para ser verdade, é de morrer de rir!". Fato é que, naquele momento, Muzil já estava infectado pelo retrovírus, pois seu período de incubação, Stéphane me contou um dia desses, como hoje é sabido mas não divulgado para evitar o pânico entre os milhares de soropositivos, seria de seis anos quase exatos. Alguns meses depois do ataque de riso de Muzil, ele caiu numa depressão profunda, era verão, eu percebia sua voz alterada ao telefone, de meu apartamento olhava com desolação para a sacada de meu vizinho, foi assim que discretamente dediquei um livro a Muzil, "A meu vizinho", antes de precisar dedicar o próximo "Ao amigo morto", eu temia que ele se atirasse daquela sacada, eu estendia uma rede invisível de minha janela até a dele para socorrê-lo, eu não sabia qual era seu mal mas entendia por sua voz que era algo grave, mais tarde soube que ele não o revelara a ninguém exceto a mim, e naquele dia ele me disse: "Stéphane está doente de mim, finalmente entendi que sou a doença de Stéphane e que assim serei por toda sua vida, não importa o que eu faça, a não ser que eu desapareça; a única maneira de libertá-lo de sua doença, tenho certeza, seria dar um fim em mim mesmo". Mas os dados já tinham sido lançados.

9

Nessa época, o doutor Nacier, que ainda era um amigo, e que, depois de uma longa temporada no hospital de Biskra, onde honrara suas obrigações militares como interno, orientara-se para a geriatria, trabalhava num asilo de idosos na periferia parisiense, onde me convidou a visitá-lo com uma máquina fotográfica, que eu facilmente poderia camuflar no bolso do jaleco branco que ele me faria vestir para que eu passasse por um de seus colegas durante a ronda geral. Em virtude do romance fotográfico que eu escrevera sobre minhas tias-avós, na época com oitenta e cinco e setenta e cinco anos, o doutor Nacier pensava que eu tinha uma atração secreta pela carne moribunda. Ele se enganara redondamente sobre mim, pois não tirei nenhuma foto naquele asilo de idosos, e aliás não fiquei tentado a tirar nenhuma, aquela visita disfarçada me fez sentir vergonha e horror. O doutor Nacier, homem bonito que agradava às senhoras idosas, antigo modelo que tentara sem sucesso a carreira de ator antes de entrar para a faculdade de medicina a contragosto, boa-pinta que se vangloriava de ter sido violado aos quinze anos por um dos atores que desempenhara o papel de James Bond, no Grand Hôtel de Vevey, para onde viajara com os pais pouco antes do acidente automobilístico que seria fatal para seu pai, o ambicioso não conseguia se decidir por uma carreira de clínico geral, que recebe oitenta e cinco francos por consulta de pacientes barrigudos, malcheirosos e picuinhas, todos hipocondríacos, num consultório de bairro que facilmente poderia passar por fossa séptica. Foi por isso que ele primeiro tentou se distinguir na criação de um sofisticado morredouro, com marca registrada, que, na forma de uma clínica high-tech, ou kit, substituiria as longas agonias nauseabundas pelos trânsitos rápidos e feéricos de uma viagem para a Lua na primeira classe, não reembolsada pela seguridade social. Para conseguir o aval dos bancos, o doutor Nacier precisava encontrar a autoridade moral que impediria que seu projeto fosse considerado ambíguo. Muzil era esse padrinho ideal. Por meu intermédio, o doutor Nacier facilmente conseguiu marcar um encontro com ele. Eu jantaria com Muzil depois da conversa entre os dois. Surpreendi-o com o olhar brilhante, num estado de alegria despropositada. O projeto, ao qual ele sensatamente não atribuía nenhum crédito, o deixava muito excitado. Muzil nunca teve tantos ataques de riso como quando estava moribundo. Depois que o doutor Nacier fora embora, ele me disse: "Eu falei para seu amigo que o negócio dele não devia ser uma instituição à qual as pessoas fossem para morrer, mas para fingir morrer. Tudo seria esplêndido, com pinturas suntuosas e músicas suaves, mas somente para melhor dissimular o verdadeiro segredo, pois haveria uma portinha escondida bem no fundo dessa clínica, talvez atrás de um desses quadros destinados a fazer sonhar, na melodia entorpecente do nirvana de uma injeção, as pessoas entrariam furtivamente atrás do quadro e pronto, desapareceriam, estariam mortas aos olhos de todos, e reapareceriam sem testemunhas do outro lado da parede, no pátio interno, sem bagagem, sem nada nas mãos, sem nome, precisando inventar uma nova identidade".

10

Muzil se tornara obcecado pelo próprio nome. Queria apagá-lo. Eu lhe pedira um texto sobre crítica para o jornal com o qual colaborava, ele relutava, mas ao mesmo tempo não queria me deixar triste, dizia ter dores de cabeça terríveis que paralisavam seu trabalho, então acabei sugerindo que publicasse o artigo sob pseudônimo e dois dias depois recebi por correio um texto límpido e incisivo, com uma mensagem: "Que maravilha da inteligência o levou a entender que o problema não era a cabeça, mas o nome?". Ele sugeriu assinar Julien de l'Hôpital, e dois ou três anos mais tarde, sempre que o visitava no hospital onde ele agonizava, eu me lembrava desse pseudônimo funesto que nunca viu o dia, porque obviamente o grande jornal que me empregava não teve uso para um texto sobre crítica assinado por Julien de l'Hôpital e uma cópia ficou por muito tempo na pasta de uma secretária, mas tinha desaparecido quando Muzil a pediu de volta, encontrei o original em minha casa e o devolvi, mas Stéphane percebeu quando de sua morte que ele o havia destruído, como tantos escritos, precipitadamente, nos meses que haviam precedido sua derrocada. Fui provavelmente responsável pela destruição de um manuscrito inteiro sobre Manet que um dia ele mencionara e que mais tarde lhe pedi emprestado, rogando que me fizesse aquele empréstimo, que talvez pudesse ajudar num trabalho que eu havia iniciado, intitulado "A pintura dos mortos", mas permaneceu inacabado. Foi por causa de meu pedido que Muzil, que me prometera emprestar o manuscrito, se deu ao trabalho de procurá-lo em sua bagunça, encontrou-o, releu-o e o destruiu no mesmo dia. Sua destruição representou a perda de dezenas de milhões para Stéphane, ainda que Muzil tivesse deixado um único testamento de algumas frases lacônicas, sem dúvida cuidadosamente pensadas, que impediam qualquer tipo de apropriação de seu trabalho, tanto materialmente por parte da família, legando seus manuscritos ao companheiro, quanto moralmente por parte de seu companheiro, impedindo-o, com a proibição de qualquer publicação póstuma, de calcar o próprio trabalho nos vestígios do seu, obrigando-o a seguir uma via distinta, e limitando com isso os danos que poderiam ser intentados contra sua obra. Stéphane, no entanto, conseguiu transformar a morte de Muzil em seu trabalho, talvez tenha sido assim que Muzil pensara presenteá-lo com sua morte, inventando o cargo de defensor dessa nova, original e terrível morte.

II

Assim como tentava, fora dos limites que estabelecia para sua obra, apagar o nome que a fama inflara desmesuradamente no mundo inteiro, ele pretendia fazer sumir seu rosto, que no entanto era particularmente reconhecível por diversas características e pelas numerosas fotografias que a imprensa publicava havia uma dezena de anos. Quando lhe acontecia de convidar para jantar algum de seus amigos, cujo número ele reduzira vertiginosamente nos anos que precederam sua morte, relegando os conhecidos à longínqua região da amizade que subitamente o dispensava de frequentá-los, limitando a relação com eles a uma mensagem de tempos em tempos ou a um telefonema, assim que ele entrava no restaurante, se preciso empurrando um desses raros amigos com quem ainda sentia prazer em jantar, disparava até a cadeira que lhe permitisse ficar de costas para os presentes ou escapar de um espelho, depois se recompunha e educadamente oferecia a cadeira ou o banco que não queria a seu convidado. Ele apresentava aos demais o brilho enigmático, fechado em si mesmo, do crânio que tomava o cuidado de raspar todas as manhãs e no qual eu às vezes percebia marcas de sangue seco que haviam escapado a sua inspeção, quando ele me abria sua porta, junto com o frescor de seu hálito quando me dava dois beijinhos sonoros de cada lado, fazendo-me pensar que tinha a delicadeza de escovar os dentes pouco antes do nosso encontro. Paris o impedia de sair, ele se sentia conhecido demais. Quando ia ao cinema, todos os olhares convergiam para sua pessoa. Certas noites, de minha sacada do 203 da Rue du Bac, eu o via sair de casa vestindo uma jaqueta de couro preta, com correntes e anéis de metal nos ombros, seguir pela passagem que interliga as diferentes escadarias do 205 da Rue du Bac, e chegar ao estacionamento subterrâneo, de onde, com seu carro, que dirigia desajeitadamente, como um míope ensandecido colado ao para-brisa, ele saía para atravessar Paris até um bar do 12º Arrondissement, Le Keller, onde escolhia suas vítimas. Stéphane encontrou num armário do apartamento, que o testamento hológrafo colocara ao abrigo de uma intrusão da família, uma grande bolsa cheia de chicotes, capuzes de couro, coleiras, arreios e algemas. Esses utensílios, cuja existência ele afirmava desconhecer, teriam lhe causado uma repulsa inesperada, como se eles também estivessem mortos, e gelados. Seguindo os conselhos do irmão de Muzil, ele mandou desinfetar o apartamento antes de tomar posse do imóvel, graças ao testamento, ainda ignorando que a maioria dos manuscritos tinha sido destruída. Muzil adorava orgias violentas em saunas. O medo de ser reconhecido o impedia de frequentar as saunas parisienses. Mas quando viajava para seu seminário anual perto de San Francisco, entregava-se com gosto às numerosas saunas dessa cidade, hoje fechadas por causa da epidemia e transformadas em supermercados ou estacionamentos. Os homossexuais de San Francisco realizavam nesses espaços as fantasias mais loucas, usando banheiras velhas como mictórios, onde as vítimas ficavam deitadas noites inteiras à espera de excrementos, ou frequentando os andares exíguos de motor homes desmontados transformados em quartos de tortura. Muzil voltou do seminário do outono de 1983 cuspindo os pulmões para fora, com uma tosse seca que aos poucos o exauria. Eu lhe disse naquele dia: “Por causa da aids, não deve haver vivalma nesses lugares”. “Não se iluda”, ele respondeu, “as saunas nunca estiveram tão cheias, pelo contrário, e se tornaram extraordinárias.

A ameaça que paira sobre nós criou novas cumplicidades, novas ternuras, novas solidariedades. Antes não trocávamos nenhuma palavra, agora conversamos. Todos sabem exatamente por que estão ali."

12

O assistente de Muzil, que conheci no dia de seu enterro, ao qual eu acompanhava Stéphane, e que reencontrei alguns dias depois em um ônibus, me fez algumas revelações. Ainda não sabíamos se Muzil tivera consciência ou não da natureza da doença que o matara. Seu assistente me garantiu que ele de todo modo tivera consciência do caráter irreversível dessa doença. Em 1983, Muzil frequentava regularmente as reuniões de uma associação humanitária, numa clínica dermatológica cujo diretor pertencia à organização que enviava médicos ao mundo inteiro conforme o surgimento de catástrofes naturais ou políticas. Essa clínica recebia os primeiros casos de aids em virtude de seus sintomas dermatológicos, sobretudo o sarcoma de Kaposi, que deixa manchas vermelhas quase violáceas na pele, primeiro na sola dos pés e nas pernas, depois no corpo inteiro, até no rosto. Muzil tossia como um demente nessas reuniões, onde se falava da situação da Polônia após o golpe de Estado. Apesar dos sucessivos pedidos de Stéphane, e dos meus, ele se recusava a consultar um médico. Acabou atendendo os pedidos do diretor da clínica dermatológica, que se espantava com sua tosse seca, violenta e persistente. Muzil passou uma manhã no hospital para fazer exames, e me contou a que ponto o corpo, ele havia esquecido, caindo no circuito médico, perde toda identidade, tornando-se um simples pacote de carne involuntária, manipulado para cá e para lá, um simples número, um nome passado no triturador administrativo, esvaziado de sua história e de sua dignidade. Um tubo foi enfiado em sua boca para explorar seus pulmões. O diretor da clínica dermatológica logo foi capaz de deduzir, a partir desses exames, a natureza da doença, mas, para preservar o nome de seu paciente e colega, tomou as medidas necessárias, vigiando a circulação das fichas e dos resultados que ligavam o nome famoso ao nome da nova doença, falsificando-os e censurando-os para que o segredo fosse preservado até o fim, deixando Muzil até a morte com liberdade de movimentos no trabalho, sem o incômodo de precisar lidar com rumores. O diretor tomou a decisão incomum de não avisar nem mesmo seu companheiro, Stéphane, que ele conhecia um pouco, para não manchar a relação deles com esse espectro terrível. Mas avisou o assistente de Muzil, a fim de que ele se dedicasse mais do que nunca às vontades do chefe e o apoiasse em seus últimos projetos. O assistente me disse no ônibus que sua conversa com o diretor da clínica dermatológica se dera logo depois dos resultados dos exames serem transmitidos a Muzil e comentados na sua frente pelo diretor e colega. O olhar de Muzil, naquele momento, contara o diretor da clínica dermatológica ao assistente, que me relatava o ocorrido meses mais tarde, se tornara mais fixo e cortante que nunca; com um gesto, ele interrompera a discussão: "Quanto tempo?", perguntara. Era a única pergunta importante para ele, para seu trabalho, para acabar seu livro. O médico-chefe teria então revelado a natureza de sua doença? Hoje tenho minhas dúvidas. Talvez Muzil não o tenha deixado falar? Um ano antes, durante um de nossos jantares em sua cozinha, eu o conduzira à questão da verdade a respeito da doença fatal, na relação entre o médico e o paciente. Eu temia estar sofrendo de um câncer de fígado causado por uma hepatite não curada. Muzil me dissera: "O médico não diz abruptamente a verdade ao paciente, mas lhe oferece os meios e a liberdade, através de uma fala imprecisa, de compreendê-la por si mesmo, permitindo-lhe assim não saber de nada se no fundo de si mesmo ele prefere essa segunda solução". O diretor da clínica dermatológica prescreveu a Muzil doses massivas de antibióticos que, erradicando sua tosse, determinaram um adiamento incerto para o desenlace fatal. Muzil retomou o trabalho, sobretudo o livro, e decidiu inclusive dar a série de conferências que pensara adiar. Nem a Stéphane nem a mim ele mencionou a conversa com o diretor da clínica dermatológica. Um dia, anunciou, sondando-me de maneira estranha, que tomara a decisão, mas eu via em seu olhar que me pedia conselho, que sua decisão não estava realmente tomada, de viajar ao fim do mundo com uma equipe daquela associação humanitária que ele apoiava, para uma missão perigosa da qual corria o risco, ele me fez entender, de nunca voltar. Ele iria até o fim do mundo em busca da sonhada portinha para o desaparecimento atrás do quadro do morredouro ideal. Assustado com o projeto e tentando não demonstrar a que ponto, respondi casualmente que seria melhor se ele acabasse seu livro. Seu livro infinito.

13

Ele tinha começado a escrever sua história dos comportamentos antes de eu o conhecer, no início de 1977, pois meu primeiro livro, *La Mort propagande*, foi lançado em janeiro daquele ano e tive a sorte de penetrar em seu pequeno círculo de amigos depois da publicação. De sua monumental história dos comportamentos já fora lançado o primeiro volume, originalmente uma introdução ao primeiro tomo, mas ele a desenvolvera a tal ponto que ela, em si, se tornara um livro, adiando a publicação do verdadeiro primeiro volume, que assim se tornara o segundo, ultrapassado pelo bólide introdutório quando prestes a ir para a gráfica, na primavera de 1976, na época em que eu não o conhecia e para mim ele não passava de um vizinho ilustre e fascinante do qual eu não lera nenhum livro. Por ocasião do lançamento da introdução, que fora muito criticada porque propunha uma tese fundamentalmente oposta à que reinava então a respeito da censura, ele aceitara participar, pela primeira e última vez, pois a seguir recusou todos os convites, do programa de variedades intelectuais *Apostrophes*, que eu não tinha visto à época, mas que Christine Ockrent, apresentadora que Muzil mais admirava, me obrigando a dar voltas no quarteirão de seu prédio quando me convidava para jantar e eu chegava um pouco adiantado, de maneira a deixá-lo a sós com ela até 20h30, transmitiu um pequeno trecho durante seu telejornal, que ele não teria perdido por nada no mundo, na noite de sua morte, em junho de 1984. Christine Ockrent, que com frequência ele chamava brincando de sua queridinha ou queridona, na verdade apenas difundiu uma enorme e interminável gargalhada, gravada ao longo daquele programa de variedades, onde se via Muzil de terno e gravata literalmente se retorcendo de rir, enquanto se esperava dele a seriedade de um papa pontificando uma regra da história dos comportamentos cujas bases ele abalava, e aquela gargalhada reaqueceu meu coração num momento em que eu o sentia gelado, quando liguei a televisão na casa de Jules e Berthe, onde me refugiara na noite de sua morte, para ver um pouco como sua necrologia seria abordada no telejornal. Aquela foi a última aparição visual animada de Muzil que aceitei ver, desde então me recuso a encarar, por medo de sofrer, qualquer simulacro de sua presença, a não ser em sonhos, e aquela gargalhada, que guardei congelada para sempre, ainda me encanta, embora eu tenha um pouco de ciúme que uma gargalhada tão formidável, tão impetuosa, tão luminosa, tenha saído de Muzil na época imediatamente anterior à nossa amizade. Assim como seu novo trabalho abalava os fundamentos do consenso sobre o sexo, ele começara a minar as galerias de seu próprio labirinto. Ele anunciara na contracapa do primeiro volume de sua história monumental dos comportamentos, visto que o próximo volume já estava inteiramente escrito e ele tinha em mãos a documentação necessária para os outros, os títulos dos quatro volumes seguintes. Empenhado no primeiro terço de uma obra da qual desenhara a planta baixa, os pilares e as arestas, e também as zonas de sombra e as passarelas de circulação, segundo as regras de um sistema que já provara a si mesmo em seus livros anteriores e que lhe valera uma reputação internacional, ele se vê tomado por uma preocupação, ou por uma dúvida terrível. Ele suspende as obras, risca todas as plantas, interrompe a monumental história dos comportamentos previamente organizada no pentagrama de sua dialética. A princípio decide adiar o fim do segundo volume, ou ao menos deixá-lo de lado, para adotar outro ângulo de análise, recuar as origens de sua história e inventar novos métodos de exploração. De desvio em desvio, seguindo vias periféricas, excrescências anexas de seu projeto inicial que, mais do que parágrafos, se tornam livros em si mesmos, ele se perde, se desencoraja, destrói, abandona, reconstrói, reenxerta e aos poucos se deixa tomar pelo exagerado torpor de um retraimento, de uma persistente incapacidade de publicação, exposto a todos os mais invejosos rumores de impotência e decrepitude, ou de uma admissão de erro ou vacuidade, cada vez mais entorpecido pelo sonho de um livro infinito que abriria todas as questões possíveis, que nada poderia fechar, nada poderia deter, exceto a morte ou o esgotamento, o livro mais potente e mais frágil do mundo, um tesouro em andamento guardado pela mão que o aproxima e afasta do abismo a cada giro do pensamento, e do fogo a cada mínimo abatimento, uma bíblia dedicada ao inferno. A certeza de sua morte iminente acabou com esse sonho. Com os dias contados, Muzil começou a reorganizar seu livro, com limpidez. Na primavera de 1983, ele viajou para a Andaluzia na companhia de Stéphane. Fiquei surpreso que tivesse reservado hotéis de segunda e terceira categoria, mas ele tinha um senso de economia, ainda que depois de sua morte tenham encontrado em seu apartamento muitos cheques de vários milhões que ele teve a negligência de não depositar no banco. Na verdade, ele tinha horror sobretudo ao luxo. Mas desaprovava a avareza da mãe, que só lhe dera tigelas lascadas quando pedira algo para a casa de campo que acabara de comprar, na qual sonhava passar belos verões atarefados em nossa companhia. Na véspera da viagem para a Andaluzia, Muzil me convocou a sua casa e me disse com solenidade, apontando para duas grandes pastas cheias de papéis dispostas lado a lado sobre sua escrivaninha: "Aqui estão meus manuscritos, se algo me acontecer durante a viagem, quero que venha aqui e destrua essas duas pastas, você é a única pessoa a quem posso pedir isso, conto com sua palavra". Respondi-lhe que seria incapaz de cometer aquele gesto e portanto neguei-lhe o pedido. Muzil ficou escandalizado e atrozmente decepcionado com minha reação. Só concluiria seu trabalho meses mais tarde, depois de modificá-lo totalmente uma última vez. Quando desabou na cozinha e Stéphane o encontrou inconsciente numa poça de sangue, ele já entregara dois manuscritos ao editor, mas todas as manhãs voltava à Bibliothèque du Chaussoir para conferir suas notas de rodapé.

14

Quando voltei precipitadamente do México, em outubro de 1983, após suplicar ao gerente da agência da Air France no México, que me recebeu com os pés em cima da mesa, acompanhando caírem do teto até uma gamela gotas de um dilúvio que causava estragos na rua, enquanto eu mesmo gotejava e invocava a piedade humana a me repatriar com urgência para a França e abreviar o período da maldita passagem com preço promocional e data fixa de no mínimo treze dias, depois de ter violentos ataques de febre até mesmo no avião que caridosamente me aproximava de meu país natal, entre enlouquecidos turistas de *sombrero* que engoliam cacarejando suas últimas doses de tequila, liguei para Jules do aeroporto e ele me disse ter passado todo o tempo que eu ficara no México hospitalizado, derrubado por febres intensas, o corpo coberto de caroços, e que não haviam parado de submetê-lo, no hospital da Cité Universitaire, a exames que não deram em nada, até ser enviado para casa. Vendo a paisagem cinzenta do subúrbio parisiense passar pela janela do táxi, que considerei minha ambulância, e porque Jules acabara de me descrever sintomas que começavam a ser associados à famosa doença, pensei comigo mesmo que nós dois estávamos com aids. Aquilo mudava tudo num segundo, tudo ruía em torno daquela certeza, inclusive a paisagem, e aquilo tanto me paralisava quanto me estimulava, reduzia minhas forças e as multiplicava, eu tinha medo e estava exaltado, calmo e ao mesmo tempo descontrolado, talvez finalmente tivesse alcançado meu objetivo. Os outros, é claro, trataram de me dissuadir de minha convicção. Primeiro

Gustave, com quem desabafei na mesma noite por telefone, e que de Munique me disse com ceticismo para não especular sobre um simples pânico. Depois Muzil, que estava num estágio bastante avançado da doença, pois lhe restava menos de um ano de vida, e que me disse em sua casa, onde fui jantar na noite seguinte: "Meu pobrezinho, o que mais vai começar a imaginar? Se todos os vírus que circulam no mundo graças à moda dos voos charters fossem mortais, pode acreditar que não sobraria muita gente no planeta". Era a época em que se propagavam a respeito da aids os rumores mais fantasiosos, que no entanto pareciam verossímeis, tamanho o desconhecimento sobre a natureza e o funcionamento daquilo que ainda não fora definido como um vírus, lentivírus ou retrovírus semelhante ao que se incuba nos cavalos: que era contraído quando se cheirava nitrito de amila, subitamente retirado de circulação, ou que era a arma de uma guerra biológica lançada ora por Bréjnev, ora por Reagan. Bem no fim de 1983, Muzil voltou a tossir sem parar, pois interrompera o uso dos antibióticos, cujas doses, lhe garantira um farmacêutico de bairro, eram capazes de matar um cavalo, e por isso eu lhe disse: "Na verdade, você espera estar com aids". Ele me lançou um olhar sombrio e definitivo.

15

Pouco depois de meu retorno do México, um abscesso monstruoso se abriu no fundo da minha garganta, me impedindo de engolir e, rapidamente, de ingerir qualquer alimento. Eu deixara o doutor Lévy, que eu acusava de não ter tratado minha hepatite e de subestimar cada um de meus males, sobretudo a dor tenaz do lado direito que me fazia temer um câncer de fígado. O doutor Lévy morreu de um câncer de pulmão logo depois. Eu o substituíra, no Centre d'Exploration Fonctionnelle que Eugénie me recomendara, por outro clínico geral, o doutor Nocourt, irmão de um colega do jornal. Não o deixando em paz, consultando-o ao menos uma vez por mês a respeito daquela dor do lado direito, importunei-o até ele me dar requisições para todos os exames possíveis e imagináveis, é claro que inclusive o exame de sangue que verificava o nível de minhas transaminases, mas também uma ecografia durante a qual, vendo na tela junto com ele, enquanto ele apalpava meu abdome besuntado com a ponta de sua sonda, as manchas de minhas vísceras, eu lançava invectivas contra o técnico cujo olho me parecia frio demais, parado demais durante a inspeção para não estar ocultando alguma coisa, eu acusava seu olho de mentir, até que minhas suspeitas o fizeram cair na gargalhada, dizendo-me que era raro morrer de câncer de fígado aos vinte e cinco anos, e por fim uma urografia que foi uma terrível provação, humilhado, deitado sem roupa por mais de uma hora, sem ter sido informado da duração do exame, sobre uma mesa de metal gelado, sob um teto de vidro a partir do qual os operários que trabalhavam no telhado podiam me ver, incapaz de chamar alguém porque todos tinham esquecido de mim, com uma grande agulha enfiada na veia do braço para injetar em meu sangue um líquido violáceo que o aquecia até a morte, quando por fim ouvi atrás do biombo o retorno da médica, que disse a um colega ter aproveitado para sair e comprar um filé e ainda lhe perguntou sobre suas recentes férias na ilha da Reunião, mas o fato é que essa investigação finalmente deu em algo, o que me aliviou e ao mesmo tempo decepcionou, pois o doutor Nocourt me anunciou que se tratava de um fenômeno extremamente raro, mas totalmente benigno, com que ele nunca se deparara em trinta anos de carreira, uma malformação renal, sem dúvida congênita, uma espécie de bolso em que os cristais podiam se acumular provocando aquela dor do lado direito, da qual o urologista pensou poder me livrar com doses massivas de água com gás e limão. Mas antes mesmo de me entregar a um frenético consumo de limões, a dor do lado direito, agora que eu conhecia sua origem, parou de se manifestar, e me vi, por um brevíssimo lapso de tempo, como um idiota, sem nenhuma dor.

16

Nesse meio-tempo, Eugénie me aconselhara a consultar o doutor Lérisson, um homeopata. Marine e Eugénie eram loucas pelo doutor Lérisson. Eugénie passava noites inteiras em sua sala de espera com o marido e os filhos, aguardando a consulta providencial, entre mulheres da sociedade e pés-rapados, pois o doutor Lérisson via como uma questão de honra fazer as condessas pagarem mil francos pela consulta e conceder um tempo igual aos vagabundos por nenhum centavo, Eugénie encarando até quase alucinar a porta do consultório no qual, por volta das três da manhã, com um gesto cansado, o doutor Lérisson introduzia toda sua pequena família em perfeita saúde, que saía de lá com receitas para dez cápsulas amarelas do tamanho de uma noz, a serem engolidas antes das refeições, mais cinco cápsulas vermelhas de tamanho intermediário, sete comprimidos azuis e uma série de bolinhas para deixar dissolver embaixo da língua. Toda aquela medicação quase matou o filho de Eugénie quando ele teve uma banal apendicite, pois o doutor Lérisson é contra intervenções invasivas, extirpações e tratamentos químicos, ele confia no equilíbrio da natureza e em plantas compactadas, por isso o filho de Eugénie se viu com uma peritonite agravada por diversas infecções adicionais, marcadas por três reaberturas do abdome que desenharam uma linda cicatriz do púbis ao pescoço. Marine me dizia em êxtase que o doutor Lérisson era um santo que sacrificava toda sua vida pessoal, inclusive a pobre esposa, que ela ficava bastante satisfeita de ver esquecida, pelo exercício de sua arte. Quando o consultava, de três a quatro vezes por semana, Marine não passava pela sala de espera: uma assistente, assim que reconhecia seus óculos escuros, a fazia entrar por uma porta escondida numa salinha anexa à sala do doutor Lérisson, onde ele reservava seus experimentos mais arrebatadores às pacientes mais famosas, encerrando-as nuas em caixas de metal, depois de espetar seus corpos inteiros com agulhas cheias de concentrados de ervas, tomate, bauxita, abacaxi, canela, patchuli, nabo, argila e cenoura, das quais elas saíam trêmulas, escarlates e quase tontas. O doutor Lérisson, lotado de pacientes, não aceitava mais nenhum paspalho. Graças às excepcionais recomendações de Eugénie e Marine, consegui uma consulta, depois de negociações com uma secretária oculta, para o trimestre seguinte. Mofei por quatro horas na sala de espera, cercado por fisionomias opressivas, até que o assistente mais banal do mundo em seu jaleco branco pronunciou meu nome abrindo a porta, e eu disse: "Não, tenho consulta com o doutor Lérisson". "Entre", ele me disse. "Mas não pode ser", eu disse, farejando uma trapaça, "quero ver o doutor Lérisson em pessoa." "Mas eu sou o doutor Lérisson, entre!", ele me disse, batendo a porta atrás de mim com irritação. Devido às fraquezas conjuntas de Eugénie e Marine, eu imaginara um donjuán. Ao primeiro olhar, o doutor Lérisson soube o que eu tinha, beliscou meu lábio olhando fixamente para minhas pálpebras e disse: "O senhor sofre de vertigens, não é mesmo?". Depois de minha resposta, desnecessária, ele acrescentou: "O senhor é uma das pessoas mais incrivelmente espasmofílicas que jamais conheci, talvez até mais que sua amiga Marine, que no entanto é um exemplo no assunto". O doutor Lérisson me explicou que a espasmofilia não era de fato uma doença, nem orgânica nem mental, aliás, mas um recurso formidável, dinamizado por uma carência de cálcio própria a torturar o corpo. A espasmofilia não era um mal psicossomático, portanto, mas a determinação do objeto e do local do sofrimento que ela era capaz de produzir dependia, por sua vez, de uma decisão semivoluntária ou, na maioria das vezes, inconsciente.

17

Uma vez que o corpo se vira frustrado pelo anúncio da malformação renal benigna e pela teoria da espasmofilia, momentaneamente despossuído de sua capacidade de sofrimento, ele voltou a roer a si mesmo com avidez, o mais fundo possível, cegamente, a esmo. Eu não tinha crises de epilepsia, mas era capaz a cada momento de literalmente me retorcer de dor. Nunca sofri tão pouco desde que soube que tenho aids, estou muito atento às manifestações da progressão do vírus, tenho a impressão de conhecer a cartografia de suas colonizações, de seus assaltos e de seus recuos, creio saber onde ele se incuba e onde ataca, sentir as zonas ainda intocadas, mas essa luta interna, que por sua vez é organicamente bem real, como provam os exames científicos, por enquanto não é nada, seja paciente, meu caro, comparada aos males certamente fictícios que me massacravam. Comovido com suas manifestações, Muzil me mandou consultar o velho doutor Aron, que praticamente abandonara a prática mas continuava, duas ou três horas por dia, a frequentar o consultório que herdara de seu pai e onde nada parecia ter mudado havia quase um século, minúscula figura saltitante e transparente entre enormes máquinas radiológicas antediluvianas. O doutor Aron ouviu o desfiar de meus sofrimentos, depois me convidou a passar para a outra parte de seu consultório, onde se erguiam enormes blocos articulados com braços, alavancas e escotilhas que faziam o lugar parecer a cabine de um submarino, e a me despir. O homenzinho pálido e translúcido se agachou a meus pés e começou a ricochetear em meus dedos, tornozelos e joelhos, como a baqueta de um címbalo, o martelo que os fazia estremecer. Em seguida projetou no fundo de minha íris o feixe luminoso de uns óculos esféricos que ele prendera na testa, e me disse, com um longuíssimo suspiro: "O senhor é um personagem engraçado, na verdade". Sentei-me diante de sua mesa e lhe disse a seguinte frase, sim, lembro-me muito bem, eu lhe disse exatamente a seguinte frase, em 1981, pouco antes de Bill mencionar pela primeira vez a existência daquele fenômeno que já vinculava todos nós, Muzil, Marine e tantos outros, sem que pudéssemos saber: "Beijarei as mãos daquele que me informar minha condenação". O doutor Aron consultou uma enciclopédia, leu silenciosamente um dos verbetes e disse: "Encontrei a doença que o aflige, uma doença bastante rara, mas que isso não o preocupe demais, é uma doença que sem dúvida faz sofrer bastante, mas que costuma passar com a idade, uma doença da juventude que no senhor deverá desaparecer por volta dos trinta anos, seu nome mais compreensível é dismorfofobia, isto é, o senhor odeia toda forma de deformidade". Ele rabiscou uma prescrição, que pedi para ver, ele me receitava antidepressivos: não temia que aquilo me causasse mais mal do que bem? Téo, que me contara o caso de um diretor que acabara de estourar os miolos enquanto seu cenógrafo dormia no quarto ao lado, responsabilizava os antidepressivos, dizendo que eram eles e somente eles que, vencendo a letargia, davam a força eufórica de passar à ação. Ao sair do consultório do doutor Aron, rasguei a receita e fui relatar a consulta a Muzil. Meu relato o deixou furioso: "Esses clínicos gerais de bairro são realmente inacreditáveis", ele disse, "estão tão cansados dos escarros e diarreias dos pacientes que se voltam para a psicanálise e fazem os diagnósticos mais descabidos!". Pouco antes de desabar inconsciente no chão da cozinha, no mês anterior à sua morte, pressionado por Stéphane e por mim a consultar um médico para ver aquela tosse que voltava a tirar seu fôlego, Muzil se resignou a visitar um velho clínico geral de seu bairro que, depois de examiná-lo, lhe garantiu alegremente que ele estava em perfeita saúde.

18

Hoje, 4 de janeiro de 1989, digo para mim mesmo que me restam exatamente sete dias para retraçar a história de minha doença, um prazo certamente impossível de cumprir, e insuportável para minha tranquilidade moral, pois na tarde do dia 11 de janeiro devo ligar para o doutor Chandi para que ele me comunique por telefone o resultado dos exames a que precisei me submeter no dia 22 de dezembro, pela primeira vez no hospital Claude-Bernard, entrando assim numa nova fase da doença, exames que foram atrozes porque precisei chegar em jejum e bem cedo, quase sem dormir à noite por medo de perder o horário marcado um mês antes pelo doutor Chandi, que havia soletrado ao telefone meu nome, meu endereço e minha data de nascimento, promovendo-me assim publicamente a uma nova fase confessa da doença, nessa noite que precedeu aqueles atrozes exames em que tiraram de mim uma quantidade abominável de sangue, apenas para sonhar que eu era impedido por diversos motivos de comparecer a esse compromisso decisivo para minha sobrevivência, tendo ainda por cima de atravessar de ponta a ponta uma Paris paralisada por uma greve quase geral, e na verdade escrevo tudo isso na noite de 3 de janeiro por medo de desabar na madrugada, avançando ferozmente até meu objetivo e sua incompletude, lembrando com terror daquela manhã em que precisei sair em jejum pelas ruas geladas, onde reinava, por causa da greve, uma agitação anormal, para ter extraída uma quantidade astronômica de sangue, para ser roubado de meu sangue naquela instituição de saúde pública para fins de não sei que experimento, e ao mesmo tempo privá-lo de suas últimas forças válidas, sob o pretexto de controlar o número de T4 que o vírus massacrara em um mês e de capturar uma dose suplementar de minhas reservas vitais para enviá-las aos pesquisadores, transformá-las em matéria inativa de uma vacina, uma gamaglobulina, que salvará os outros depois de minha morte, ou para infectar um macaco de laboratório, mas antes disso precisei ser esmagado pela massa fétida e resignada que lotava um compartimento de metrô atrasado pela greve, sair sufocado e subir até a rua para esperar na frente da cabine telefônica que uma jovem estrangeira cheia de bagagens entendesse, por meus gestos atrás do vidro, em que sentido colocar o cartão e como fechar a tampa sobre ele, e ela gentilmente me cedeu o lugar e esperou no frio que eu acabasse com a desesperante repetição da música dos Taxis Bleus, enquanto um operário municipal que parara seu furgãozinho na frente da cabine, a atacara com um sistema de aspersão que deixara tudo azul e escuro ali dentro, e eu ouvia pela centésima vez a música dos Taxis Bleus, nauseado pelo café preto sem açúcar que o doutor Chandi me autorizara a ingerir, proibindo qualquer outra coisa, ao passo que quando cheguei à única ilha de vida ainda funcionando dentro do hospital Claude-Bernard, que tinha acabado de ser evacuado e que atravessei na bruma como um hospital fantasma do fim do mundo, com seus vultos brancos atrás de vidros foscos, lembrando-me de minha visita a Dachau, a única ilha viva que era a da aids, a enfermeira me perguntou, empilhando tubos vazios numa bacia, um, dois, três, depois um grande, dois pequenos, no fim uma boa dezena, e todos se encheriam num instante com meu sangue quente e escuro, e se acavalavam na bacia, rolando sobre si mesmos e procurando um lugar como os viajantes enlouquecidos nos vagões do metrô atrasado pela greve, se eu tinha tomado um bom café da manhã, porque em todo caso eu poderia ter tomado, porque eu deveria ter tomado, ao contrário do que o doutor Chandi me garantira, pois eu me dera ao trabalho de lhe perguntar, e porque eu devo tomar da próxima vez, disse a enfermeira me perguntando de que braço eu gostaria que tirassem o sangue, como se naquele momento eu estivesse em condições de pensar numa próxima vez, horrorizado, num estado de horror próximo a um ataque de riso, mas por enquanto o operário municipal enxugara por fora toda a água da cabine telefônica e esperava de braços cruzados que eu acabasse com a música dos Taxis Bleus para atacar o lado de dentro, pronto para mandar embora a jovem estrangeira que estava na fila, mas de cansaço ele desapareceu com seu furgãozinho no exato instante em que a voz dos Taxis Bleus me disse, desligando na mesma hora, depois de dez minutos de espera, que não havia nenhum carro disponível para aquele número da Rue Raymond-Losserand que eu, quando finalmente conseguira linha, localizara às pressas de dentro da cabine telefônica, na qual deixei a jovem estrangeira entrar, voltando a mergulhar no metrô, dessa vez pronto para tudo, com uma náusea e uma fraqueza vizinhas da força, pronto para o pior com uma ponta de alegria, pronto para quebrar a cara gratuitamente naquela manhã, por acaso, ou para me atirar como um louco sob o trem onde eu seria esmagado pela segunda vez, segurando o ar e levantando a cabeça, respirando apenas pelo nariz, horrorizado com a ideia de além de tudo correr o risco de pegar a gripe chinesa que, segundo os jornais, já pregara na cama dois milhões e meio de franceses. O vagão da linha Mairie d'Issy-Porte de la Chapelle, por sua vez, onde o doutor Chandi me aconselhara descer, com uma opção em Porte de la Villette, antes de caminhar dez bons minutos ao longo de um acesso do Boulevard Périphérique, estava quase vazio. Um homem de gorro forrado e com protetor de orelha, na saída da estação Porte de la Chapelle, me indicou o caminho a seguir com gestos amplos que significavam quilômetros, e quando eu lhe disse o nome Claude-Bernard, pois ele me perguntou a que número exatamente da Avenue de la Porte d'Aubervilliers eu queria chegar, tive a impressão de que ele entendeu toda minha situação e o desastre em que me encontrava, pois subitamente foi de uma gentileza incomparável que, mantendo-se discreta e sutil, quase humorística, não deixou de adoçar o café preto que continuava me nauseando, ele tinha lido nos jornais da antevéspera que o hospital Claude-Bernard, que datava dos anos 1920 e se tornara insalubre, se mudara para uma sede nova, com exceção do pavilhão Chantemesse, aonde o doutor Chandi me dissera para ir, esquecendo de me avisar sobre aquela conjuntura, prédio exclusivamente dedicado aos doentes de aids e em funcionamento dentro do extinto hospital até nova ordem. No telefone, o doutor Chandi, a quem pedi indicações sobre o caminho para chegar ao Claude-Bernard, em especial naqueles dias de greve, pois, como se fosse de propósito, eu perdera o papel no qual anotara aquelas indicações em detalhe um mês antes, me dissera apenas: "Ah, sim, seu exame de sangue já é amanhã? Meu Deus, como o tempo passa rápido!". Perguntei-me depois se ele dissera aquilo intencionalmente, para me lembrar de que meu tempo estava contado e que eu não devia desperdiçá-lo escrevendo com ou sobre outro nome que não o meu, remetendo-me a outra frase quase ritual que ele pronunciara um mês antes, ao constatar em meus últimos exames o avanço precipitado do vírus em meu sangue, e me pedindo para fazer uma nova coleta para detectar o antígeno P24, que é o sinal da presença ofensiva e não mais latente do vírus no corpo, a fim de colocar em marcha a máquina administrativa para conseguir o AZT, que até hoje é o único tratamento para a aids na fase definitiva: "Se não fizermos nada agora, não será mais uma questão de anos, mas de meses". Voltei a perguntar o caminho para um frentista, pois não havia ninguém para me informar naquela avenida sem lojas cortada pelo fluxo de carros, e vi no olhar do frentista que ele encontrara um ponto comum, que ele não conseguia definir, nos rostos e nos olhares, no comportamento febril, falsamente seguro e relaxado, daqueles homens de vinte a quarenta anos que lhe perguntavam o caminho para o hospital desativado, numa hora que não era de visitas. Atravessei um segundo acesso do Boulevard Périphérique para chegar ao portão do hospital Claude-Bernard, onde não havia nem guarda nem serviço de admissão, mas um cartaz indicando que os doentes convocados ao pavilhão Chantemesse, que o doutor Chandi soletrara para mim, deviam se dirigir diretamente às enfermeiras do prédio, que podiam ser encontradas seguindo o trajeto sinalizado dentro do hospital. Tudo estava deserto, despojado, frio e úmido, como que saqueado, com persianas azuis desmanteladas batendo ao vento, eu caminhava ao longo dos pavilhões trancados, cor de tijolo, que anunciavam em seus frontões "Doenças Infecciosas", "Epidemiologia Africana", até o pavilhão das doenças mortais, única célula iluminada que continuava zumbindo atrás de seus vidros foscos, e onde se extraía sem descanso o sangue contaminado. Não encontrei ninguém além de um homem negro que não conseguia achar a saída e me suplicou que lhe indicasse a direção até uma cabine telefônica. O doutor Chandi me avisara que as enfermeiras daquele setor eram muito gentis. Elas deviam ser com ele, quando ele fazia suas rondas nas manhãs de quarta-feira. Passei por um corredor de azulejos, transformado em sala de espera para pobres coitados como eu que se encaravam e pensavam que a doença se escondia, como neles, atrás de rostos que pareciam saudáveis e que às vezes emanavam juventude e beleza, embora eles mesmos vissem uma caveira ao se olharem no espelho ou, inversamente, tivessem a impressão de detectar de imediato a doença naqueles olhares descarnados enquanto eles mesmos se asseguravam a cada instante no espelho de ainda estar em boa saúde apesar dos exames ruins, e, percorrendo esse corredor, atrás de um desses vidros foscos que iam até a altura dos ombros, reconheci o perfil de um homem que me era familiar, com quem eu convivera, e virei o rosto na mesma hora, horrorizado com a ideia de precisar trocar um olhar de reconhecimento e igualdade forçada com um homem por quem eu só sentia desprezo. Três enfermeiras se espremiam num armário para vassouras, empilhadas umas sobre as outras como num número de circo, consultando freneticamente as páginas de um arquivo e gritando nomes, e então elas gritaram o meu, há uma fase da doença em que não nos importamos com o segredo, em que ele se torna inclusive odioso e incômodo, e uma delas falou de sua árvore de Natal e de não nos deixarmos vencer pelo horror daquela doença senão ela invade tudo, ela não passa de um tipo de câncer, um câncer que com o avanço das pesquisas se tornou quase totalmente transparente. Eu me refugiara num dos boxes de coleta de sangue, fechara com pressa a porta atrás de mim e me deixara afundar no assento mais baixo com medo de que o homem que eu reconhecera pudesse, por sua vez, me reconhecer, mas a cada instante uma enfermeira voltava a abrir a porta para perguntar meu nome ou para avisar que eu entrara no box errado. A enfermeira que tiraria meu sangue me encarou com um olhar cheio de doçura que queria dizer: "Você vai morrer antes de mim". Esse pensamento a ajudava a ser clemente, e a enfiar a agulha direto na veia e sem luva depois de contar o número de tubos e de fazê-los rolar com a ponta dos dedos dentro da bacia. Ela disse: "É para o check-up pré-AZT! Desde quando está em observação?". Pensei um pouco e respondi: "Um ano". No nono tubo engatado no pistão a vácuo que tirava meu sangue, ela me disse: "Se quiser, posso lhe trazer um café da manhã, Nescafé e torradas com manteiga e geleia, pode ser?". Levantei-me na mesma hora e ela me fez voltar a sentar, preocupada:

"Não, fique sentado mais um pouco, está pálido demais, tem certeza de que não quer um bom café da manhã?". Eu tinha pressa de sair dali, provavelmente não me aguentaria em pé mas sentia vontade de correr, de correr como nunca, no abatedouro de cavalos, o animal que acaba de ser sangrado no pescoço, amarrado pelos flancos, continua galopando no vazio. As artistas circenses do armário de vassouras marcaram uma consulta oficial para mim na manhã do dia 11, com o doutor Chandi. No frio da rua, pensei que só faltava eu me perder naquele hospital fantasma como o homem negro, a ideia me fazia rir, me extraviar ou desmaiar no único hospital do mundo, sem dúvida, onde eu poderia esperar horas para que alguém passasse por ali para me ajudar a levantar. Apesar de todos os meus esforços para não me perder seguindo o trajeto sinalizado, logo percebi que chegava a uma saída interditada e que precisaria refazer todo o trajeto em sentido inverso em busca de outra saída. Um motociclista com um capacete que tornava seu rosto impossível de identificar, como o de um esgrimista, atravessou com pressa. Passei de novo na frente do pavilhão das doenças mortais, depois na frente do pavilhão da epidemiologia africana, depois na frente do das doenças infecciosas, e não havia mais ninguém para me perguntar direções. Eu continuava com uma terrível vontade de rir, de falar, de ligar o mais rápido possível para as pessoas que amo para contar tudo e tirar aquilo de mim. Eu devia almoçar com meu editor e discutir o adiantamento de meu novo contrato, que me permitiria dar a volta ao mundo num pulmão de aço ou estourar meus miolos com uma bala de ouro. À tarde, liguei para o doutor Chandi em seu consultório para lhe dizer que a experiência da manhã me abalara profundamente. Ele disse: "Eu devia ter avisado, tudo o que você me disse é verdade, eu é que não vejo mais nada, passo lá uma manhã por semana e preciso manter as aparências para que tudo continue funcionando". Eu disse que imaginava que ele me enviara para lá porque era indispensável, mas perguntei se dali por diante, na medida do possível, poderíamos nos poupar dessas visitas ao hospital e continuar tratando a coisa entre nós. Preocupado com a ameaça que eu deixara vir à tona durante nossa última consulta, a saber, que eu escolheria entre o suicídio e a escrita de um novo livro, o doutor Chandi me disse que faria todo o possível para isso, mas que a liberação do AZT precisava passar por um comitê de fiscalização. Relatei essa conversa à noite para Bill, depois de ter almoçado com meu editor e passado a tarde no hospital com minha tia-avó, e Bill me disse: "Eles devem temer que você revenda o AZT aos africanos, por exemplo". Na África, devido ao preço elevado do medicamento, preferem deixar os doentes morrer e investir o dinheiro na pesquisa. Foi na tarde de 22 de dezembro que decidi, junto com o doutor Chandi, não comparecer à consulta de 11 de janeiro, à qual ele compareceria por mim, desempenhando os dois papéis ao mesmo tempo para, se preciso, obter, ou me fazer acreditar que somente assim obteria, com o simulacro de minha presença, mantendo o horário atribuído a nossa consulta para enganar o comitê de fiscalização, o remédio esperado. Devo lhe telefonar na tarde de 11 de janeiro para conhecer os resultados e é por isso que digo que hoje, 4 de janeiro, só me restam sete dias para retraçar a história de minha doença, pois o que o doutor Chandi me disser na tarde de 11 de janeiro, seja qual for seu sentido, embora esse sentido, como ele me preparou, só possa ser nefasto, corre o risco de ameaçar este livro, pulverizá-lo até a raiz, zerar meu hodômetro e apagar as cinquenta e sete folhas já escritas antes de girar o tambor de minha arma.

19

1980 foi o ano da hepatite que Jules me passou de um inglês que se chamava Bobo, e que Berthe evitou por pouco com uma injeção de gamaglobulina. 1981, o ano da viagem de Jules à América, onde ele se tornou amante de Ben em Baltimore e de Josef em San Francisco, pouco depois que Bill me falou da existência da doença pela primeira vez, a não ser que ele tenha me falado sobre ela no final de 1980. Em dezembro de 1981, em Viena, Jules fode na minha frente, na noite de meu aniversário, um pequeno massagista loiro e encaracolado, Arthur, que ele tirou de uma sauna e que tem manchas e cascas de ferida pelo corpo todo, sobre quem escrevo no dia seguinte em meu diário, numa semi-inconsciência, pois na época acreditávamos apenas de maneira relativa no flagelo: "Pegávamos a doença do corpo um do outro, ao mesmo tempo. Teríamos pegado lepra se pudéssemos". 1982 foi o ano do anúncio de Jules, em Amsterdam, da concepção de um primeiro filho que se chamaria Arthur e que acabou na privada, anúncio que me traumatizou a ponto de eu pedir a Jules, em troca, que ele criasse em meu corpo uma força negativa, "um germe negro", foi o que eu disse naquela noite aos prantos num restaurante de Amsterdam à luz de velas, o que não teve nenhuma repercussão aparente, pois eu sonhava com tapas, sujeições e disciplinamentos, queria me tornar seu escravo e foi ele que se tornou o meu de maneira intermitente. Em dezembro de 1982, em Budapeste, sou enrabado por um ianque imbecil originário de Kalamazoo, Tom, que se recolhera sobre o túmulo de Bartók e que me chama de seu bebê. 1983 foi o ano do México, do abscesso na garganta e dos gânglios de Jules. 1984 foi o ano das traições de Marine e de meu editor, da morte de Muzil e dos votos depositados no Templo do Musgo no Japão. Não localizo nada em 1985 relativo a nossa história. 1986 foi o ano da morte do pároco. 1987, o ano de meu herpes-zóster. 1988, o ano da revelação inapelável de minha doença, seguida três meses depois pelo acaso que me fez acreditar numa salvação. Nessa cronologia que delimita e baliza os augúrios da doença ao longo de oito anos, agora que sabemos que seu tempo de incubação se situa entre quatro anos e meio e oito anos, segundo Stéphane, os acidentes fisiológicos não são menos decisivos que os encontros sexuais, e as premonições não menos que os votos que tentam apagá-las. É essa cronologia que se torna meu arcabouço, exceto quando descubro que a propagação nasce da desordem.

20

Em outubro de 1983, quando volto do México e um abscesso se abre no fundo da minha garganta, não sei mais a que médico me dirigir, o doutor Nocourt diz que não faz visitas a domicílio, o doutor Lévy morreu, e está fora de cogitação recorrer ao velho doutor Aron depois do caso da dismorfofobia ou ao doutor Lérisson para que ele me soterre sob uma montanha de cápsulas. Decidi chamar um jovem substituto do doutor Nocourt, que me prescreveu antibióticos que, nos três ou quatro dias que os tomo, não fazem efeito algum, o abscesso continua ganhando terreno, não consigo engolir sem uma dor atroz, não como praticamente mais nada, a não ser os alimentos pastosos que Gustave, de passagem por Paris, me traz todos os dias. Jules não está disponível: recuperado de suas febres, ele aceitou um trabalho muito exigente numa produção teatral. Com essa chaga aberta e branca que me corrói a garganta, sou assombrado pelo beijo que ganhei na pista de dança do Bombay, no México, de uma velha puta, sósia perfeita de uma atriz italiana que se apaixonara por mim e nascera no mesmo ano de minha mãe, e que de repente enfiara a língua no fundo de minha garganta como uma cobra enlouquecida, colando em mim no piso luminoso do Bombay, onde o produtor americano me arrastara para arrebanhar um bando de putas que apareceriam na adaptação cinematográfica de *À sombra do vulcão*, um dos romances preferidos de Muzil, que me emprestara seu exemplar, amarelado e carcomido, antes de minha partida. As putas, das mais jovens às mais idosas, desfilavam à mesa de seu patrão, Mala Facia, para me ver de perto, me tocar e me puxar uma depois da outra para a pista de dança, porque eu era loiro. Elas se apertavam contra mim rindo, ou com languidez, como a puta com cheiro de maquiagem que parecia, como uma alucinação, a reencarnação da atriz italiana que me amara e me oferecera seus lábios, cochichando que para mim elas fariam de graça num dos boxes do andar de cima, porque eu era loiro. O governo tinha acabado de fechar os bordéis à moda antiga, com seus pátios onde as carnes desfilavam, e seus corredores escuros ladeados por quartos e iluminados ao fundo por um nicho com a luminosa Virgem da Misericórdia. Os estabelecimentos interditados, vigiados pela polícia, tinham sido substituídos às pressas por grandes *dancing halls* à americana. Eu tivera a infelicidade de ir alguns dias antes a uma boate homossexual indicada pelo amigo mexicano de Jules, e os garotos também tinham feito fila na minha frente para me encarar e, os mais audaciosos, me apalpar como um amuleto. A velha puta ultrapassara o limite que eu impusera à atriz italiana, e sem avisar enfiara a língua no fundo de minha garganta e, a milhares de quilômetros dali, seu beijo voltava a cada sensação de dor que meu abscesso produzia ao se aprofundar ainda mais, como a ponta de um ferro incandescente. A velha puta percebera o terror que seu beijo despertara e se desculpara, entristecida. De volta ao quarto de hotel na rua Edgar Allan Poe, ensaboei a língua me olhando no espelho e tirei uma foto daquele estranho rosto devastado pela embriaguez e pelo nojo. Numa tarde de domingo em que a dor me parecia insuportável, fazendo-me chorar de desânimo na frente de um impotente Gustave, sem conseguir contatar nenhum de meus médicos, resignei-me a ligar para a casa do doutor Nacier, que era um amigo e que até então eu nunca levara a sério como médico. Ele me disse para ir vê-lo imediatamente, examinou minha garganta, considerou a eventualidade de uma úlcera sifilítica e enviou para minha casa na manhã seguinte uma enfermeira, que tirou meu sangue para exames de rastreio e coletou algo do fundo de minha garganta para determinar o tipo exato de micróbio ou bactéria e poder administrar o antibiótico específico. A eficácia e a gentileza do doutor Nacier, que rapidamente acabou com minha dor, tendo tomado o cuidado, ao contrário do outro médico, de me prescrever analgésicos, fizeram com que eu decidisse tê-lo como médico dali por diante, e como seu consultório não ficava longe de minha casa, eu o frequentava duas ou três vezes por semana, agonizando, até que o estado de palidez e esgotamento do doutor Nacier, importunado por minhas incessantes visitas, me fez recuperar o autocontrole. Era eu, então, que reconfortava o doutor Nacier, e eu saía revigorado dessas consultas para me empanturrar de bombas de chocolate e folhados de maçã na padaria vizinha a seu consultório. O doutor Nacier logo me confessou que fizera o teste de aids, que dera positivo, e que ele imediatamente contratara um seguro profissional que um dia poderia atribuir sua doença, pois a ignorância que ainda se tinha em relação ao vírus permitia tais especulações, à contaminação por algum paciente, e assim ele poderia receber uma indenização importante que lhe permitiria passar agradáveis últimos dias em Palma de Maiorca.

21

Eu ficara pasmo, no Teatro Colonial da Plaza Garibaldi, no México, ao ver homens brigando para saciar sua sede no sexo das mulheres, levantando de seus assentos com os braços em riste, depois de derrubar um amigo ou um velho devasso para dissuadi-los, em direção à passarela onde elas desfilavam sob spotlights, escolhendo um rosto e colocando-o entre as coxas afastadas, eu sentado à parte num banco de madeira, horrorizado e atordoado, me encolhendo e afundando nesse banco à medida que o espetáculo mais primário e mais bonito do mundo se desenrolava, aquela comunhão dos homens com a grenha das mulheres, aquele impulso juvenil inclusive nos mais velhos, eu bebia tudo com os olhos, o coração pulsando, quase desaparecendo embaixo de meu banco por medo de ser escolhido por uma das strippers, pois para mim enfiar o focinho naquele triângulo seria me apagar definitivamente do mundo e perder a cabeça para sempre, enquanto a defloradora avançava na minha direção, me provocando, aproximando-se cada vez mais, apontando meu temor como um elemento cômico a ser zombado pelos outros jovens, pronta para se agachar na frente de meu rosto e agarrar minha cabeça encaracolada, a única loira em toda a plateia, e maltratá-la até que meus lábios se entreabrissem para honrar a fenda e beber a sede dos jovens que também tinham se saciado nela, mas de repente as luzes se acenderam, a stripper estremeceu de surpresa, pegou um penhoar de uma cadeira e sumiu, e os lanterninhas tiraram dali como animais, a silvos de apito quando não de chicote, os jovens sedentos ou saciados, que tinham perdido o ardor num instante, como uma ilusão de ótica, uma ilusão de sombra, voltando a ser, com a luz, trabalhadores exaustos, com roupas desbotadas e apertadas, que tinham escondido as esposas na poltrona ao lado.

22

Por enquanto é apenas uma fadiga inumana, uma fadiga de cavalo ou de macaco enxertada no corpo de um homem, que lhe dá vontade a todo momento de cerrar as pálpebras e se retirar de tudo, até da amizade, menos do sono. Essa fadiga monstruosa tem sua fonte nos minúsculos reservatórios linfáticos que se distribuem em torno do cérebro para protegê-lo, no pescoço sob os maxilares, atrás dos tímpanos, como uma pequena barreira de linfa, sitiada pela presença do vírus, e que rebenta para barrá-lo, difundindo pelos globos oculares o esgotamento de seus sistemas de defesa. O livro luta contra a fadiga criada pela luta do corpo contra os ataques do vírus. Tenho apenas quatro horas de validade por dia, a partir do momento em que levanto as imensas persianas da porta de vidro, que são o potenciômetro de meu fôlego declinante, para ver a luz do dia e voltar ao trabalho. Ontem, às duas horas da tarde eu já não aguentava mais, estava no limite de minhas forças, prostrado pela potência desse vírus, cujos efeitos se assemelham, num primeiro momento, aos da doença do sono, ou da mononucleose, a chamada doença do beijo, mas eu não queria desistir e voltei ao trabalho. Este livro que relata minha fadiga me faz esquecê-la e, ao mesmo tempo, cada frase arrancada de meu cérebro, ameaçado pela intrusão do vírus assim que a pequena barreira linfática ceder, me dá ainda mais vontade de cerrar as pálpebras.

23

Fato é que, nos últimos dias, não trabalhei absolutamente nada neste livro, no momento crucial do prazo que eu fixara para mim mesmo para contar a história de minha doença, passando dolorosamente o tempo à espera do novo veredicto ou simulacro de veredicto, pois conheço seu teor nos mínimos detalhes, embora finja ignorá-lo e ainda ter um fio de esperança, com a cumplicidade do doutor Chandi, a quem dei a entender que gostaria de me iludir, mas hoje, 11 de janeiro, que deveria ser o dia do veredicto, me arrependo amargamente porque me vejo totalmente ignorante daquilo que já sei, pois tentei sem sucesso telefonar para o consultório do doutor Chandi, que deveria passar de manhã no hospital Claude-Bernard para pegar meus resultados, como ele me prometera por telefone no ano passado, tendo anotado na agenda do próximo ano, em seu próprio nome e no meu, desempenhando ao mesmo tempo o papel de médico e de paciente, ou me fazendo acreditar que os desempenharia, nas barbas das enfermeiras que tinham me imposto aquela consulta, simplesmente porque quarta-feira não é dia de consultório para o doutor Chandi, então me vejo esta noite sem os resultados, abalado por não conhecê-los na noite de 11 de janeiro, ao contrário do que esperava desde o dia 22 de dezembro, tendo aliás passado a noite sonhando que não os obteria, sonhando com a mesma situação de um jeito diferente: eu de fato falava com o doutor Chandi por telefone, como pensava que ficara combinado, mas ele me dizia de maneira desagradável, depois de eu lhe desejar um feliz ano-novo e ele responder friamente a meus votos, cheio de sinistras segundas intenções, que tinha mais o que fazer do que me informar, e que eu deveria tentar telefonar num momento em que não o perturbasse durante as consultas; ao mesmo tempo, eu podia interpretar sua negligência favoravelmente, pois ela podia ser o sinal de que não havia nenhuma urgência de me fazer voltar para Paris, embora eu é que tivesse dramatizado ou inventado aquela paródia de repatriação, numa época em que teria sido natural que eu estivesse em Paris com meus amigos e, como qualquer doente, que comparecesse àquela consulta que tinha sido marcada para me conseguir um remédio, o único remédio existente que poderia vencer minha exaustão; mas se no sonho não havia urgência em me repatriar para Paris, era porque o doutor Chandi, diante dos novos exames, entendera que não havia mais nada a fazer exceto deixar tudo seguir seu curso, esperando apenas que o coma fosse o mais breve possível. Meus pais me ligaram ontem para avisar que há dois dias, em 9 de janeiro, nasceu o filho de minha irmã, que ela, ignorando tudo de minha doença e de minha provável morte iminente, mas talvez as pressentindo, decidira chamá-lo de Hervé e me anunciara isso, para me fazer uma surpresa de última hora, no almoço de Natal com nossa tia-avó Louise, depois de eu ter dado de comer no hospital a nossa outra tia-avó Suzanne, acrescentando que tivera inclusive a boa ideia de chamar seu filho de Hervé Guibert, pois tinha voltado a usar seu nome de solteira e o novo pai não estava especialmente interessado em dar seu sobrenome à criança, e minha irmã dizia tudo isso a mim, que sempre pensei que ela fosse uma pessoa perfeitamente equilibrada. Esses últimos dias, contra todas as expectativas, apesar do ultimato que me impusera, deixei parada a história de minha doença, passei penosamente corrigindo meu manuscrito anterior, depois da intervenção de David, que não o apreciou nem um pouco, e embora eu tivesse avançado em seu próprio terreno, o de massacrar o outro, e certamente nunca tivesse escrito aquele livro se não o tivesse conhecido e lido seus livros, ele me acusava de ser um discípulo indigno e ainda via em meu livro, que escrevi entre 15 de setembro e 27 de outubro, perseguido pelo medo de não poder concluí-lo, apenas um rascunho de livro, enchendo as margens das trezentas e doze páginas datilografadas com riscos enraivecidos, exasperados, que pela primeira vez, quando precisei apagá-los, me fizeram bastante mal. David talvez não tivesse entendido que de repente, devido ao anúncio de minha morte, eu fora tomado pela vontade de escrever todos os livros possíveis, todos os que eu ainda não escrevera, correndo o risco de escrevê-los mal, um livro estranho e ruim, depois um livro filosófico, e de devorar esses livros quase que simultaneamente dentro de minha reduzida margem de tempo, e de devorar o tempo com eles, vorazmente, e de escrever não apenas os livros de minha maturidade antecipada mas também, como flechas, os livros muito lentamente amadurecidos de minha velhice. Em vez disso, nos últimos dois dias, à espera do telefonema do doutor Chandi, depois de repassar de cabo a rabo as trezentas e doze páginas de meu manuscrito, não fiz nada além de desenhar.

24

Jules, que nos últimos tempos, a exemplo do doutor Chandi, se preocupava mais com minha saúde mental do que com minha saúde física, dada a solidão que eu me impunha aqui em Roma, me dera o seguinte conselho: "Você deveria pintar". Eu vinha pensando nisso desde que, na livraria de arte da Via di Ripetta, na frente do colégio onde às vezes passo, mas não fico rondando, deixando meus olhos se demorarem nas idas e vindas cheias de vivacidade, mais atraído pelos eflúvios de juventude do que pela juventude em si, feliz de nadar ou de me deixar levar passageiramente, por uma deriva curta de um passeio que tinha outro objetivo, a um banho de juventude mais do que a entrar em contato com esta ou aquela de suas criaturas, sentindo por elas uma atração incorpórea, o impotente impulso de um fantasma, nunca mais falando em desejo, folheando em pé alguns álbuns de arte, eu estacara diante de uma página do catálogo de uma exposição que acontecera em Milão, no Palazzo Reale, dedicada ao século XIX italiano, e que acabara de fechar as portas. O quadro, de um certo Antonio Mancini, representava um jovem rapaz trajando luto, de cabelos pretos, crespos e despenteados que destoavam ligeiramente do esmero do gibão preto com rendas nos punhos, das meias pretas, dos sapatos pretos com fivelas e das luvas pretas, uma delas aberta, a do punho que tocava o coração num gesto desesperado, enquanto a cabeça caía para trás e tocava uma parede amarela com ranhuras, que delimitava o quadro e continha dentro de um friso de falso mármore os veios leprosos de um incêndio apagado, enquanto a outra mão se apoiava na parede, como para empurrá-la com a força do punho, com a força da dor, e empurrar a dor para dentro dela. O quadro se intitulava *Depois do duelo* e nele percebíamos em segundo plano, no canto inferior direito, uma camisa de homem manchada de sangue quase seco, com a marca da mão que a arrancara do corpo, pendurada como um sudário, como uma pele escorchada, da ponta de uma espada que mal aparecia. O quadro não revelava a história por trás de seu tema, protegendo-o, como sempre gostei, num enigma: o jovem modelo era o assassino da vítima que estava fora do quadro? Ou sua testemunha? Seu irmão? Seu amante? Seu filho? Esse quadro extraordinário esteve na origem de uma série de pesquisas frenéticas em bibliotecas, livrarias e sebos. Descobri que tinha sido pintado por Mancini aos vinte anos. Que seu modelo era um certo Luigiello, filho de uma zeladora napolitana que ele pintara várias vezes, vestido de saltimbanco, de collant prateado numa gôndola veneziana cheia de penas de pavão, com seu Pulcinella, sonhador astucioso, gatuno, músico equilibrista, e que Mancini o adorava a ponto de tê-lo levado para Paris em sua primeira grande exposição, logo pressionado pelos pais a mandar de volta Luigiello para Nápoles, e logo também internado por essa família bem-intencionada num hospital psiquiátrico do qual ele sairia destruído e pintando apenas retratos convencionais da alta burguesia. Pensei, a partir dessa inesperada admiração, em me dedicar à pintura ou à minha incapacidade de pintar através dessa admiração, isto é, nunca parar de tentar copiar, de memória, segundo reproduções e segundo o original, esse quadro de Mancini intitulado *Dopo il duello*, que estava na Galeria de Arte Moderna de Turim, ainda fechada para obras, de buscar pela pintura e por minha incapacidade de pintar os pontos de aproximação e afastamento com o quadro, até que, com esse massacre, eu o tivesse inteiramente assimilado. Mas, claro, fiz algo totalmente diferente do que havia previsto, e acabei me aproximando de meu sonho de pintar através de algo muito abaixo da pintura, como me aconselhara o único pintor de quem eu um dia me aproximara, através do desenho, começando com os objetos mais simples a meu redor, os tubos de tinta e, antes de me dedicar aos rostos vivos e talvez ao meu, em breve agonizante, os modelos de cera de ex-votos de crianças que eu trouxera de minha viagem a Lisboa.

25

Mancini se fizera enterrar com seu pincel e o *Manual* de Epicteto, que vem depois das *Meditações* de Marco Aurélio no exemplar amarelo Garnier-Flammarion que Muzil tirara de sua biblioteca, enrolado em um papel de seda, alguns meses antes de sua morte, para dá-lo a mim como um de seus livros preferidos e me recomendar a leitura, a fim de me tranquilizar, numa época em que eu estava particularmente agitado e insone, tendo inclusive decidido me submeter, seguindo os conselhos de minha amiga Coco, a sessões de acupuntura no hospital Falguière, onde um médico de nome chinês me abandonava de cuecas embaixo de uma tenda mal aquecida, depois de me enfiar no topo da cabeça, nos cotovelos, nos joelhos, na virilha e nos dedos dos pés, compridas agulhas que, oscilando ao ritmo de minha pulsação, logo deixavam sobre minha pele fios de sangue que o doutor de nome chinês não se dava ao trabalho de enxugar, o doutor obeso de unhas imundas ao qual eu seguia confiando meu corpo, tendo no entanto me esquivado das intravenosas de cálcio que ele me prescrevera como complemento duas ou três vezes por semana, até o dia em que, tomado de nojo, vi-o recolocar as agulhas sujas num recipiente de álcool salobro. Marco Aurélio, como me informou Muzil ao me dar o exemplar de suas *Meditações*, começara seu texto com uma sequência de homenagens dedicadas a seus predecessores, aos diferentes membros de sua família e a seus mestres, agradecendo especificamente a cada um, os mortos primeiro, pelo que lhe tinham ensinado e proporcionado de favorável no restante de sua vida. Muzil, que morreria alguns meses mais tarde, me disse então que em breve pretendia escrever, nesse sentido, um elogio dedicado a mim, a mim que sem dúvida nunca pudera lhe ensinar nada.

26

Marine estreara sua peça quando eu estava no México, assim que voltei ouvi rumores de que era um desastre. Num acúmulo de erros, ela construíra todo um espetáculo a partir da escolha de seu papel, como um capricho, procurando em vão por toda a Europa um diretor com um mínimo de renome, pois os mais confiáveis tinham desistido diante do absurdo do projeto, assim como os grandes astros, únicos habilitados a contracenar com ela naquele dueto artificial de monstros sagrados. As catástrofes se multiplicavam: Marine precisara demitir o diretor ersatz por embriaguez, abafando o caso nos jornais, enquanto o protagonista ersatz, um ator de segunda categoria, a cada dia adquiria um pouco mais de ascendência sobre ela e sobre sua atuação enfraquecida por aqueles dissabores, eroticamente excitado pela ideia de derrubar a estrela usurpadora de um talento cuja inexistência finalmente viria à luz, comparado a seu gênio de ator lapidado nos verdadeiros palcos, e não como ela nas páginas das revistas femininas. A estreia foi um massacre. Marine estava perdida em cena, e ainda mais desnorteada pelas táticas de seu parceiro, que de propósito nunca repetia as mesmas marcações e, sob o pretexto de tornar verídica a violência da relação de forças entre o personagem masculino e o personagem feminino, a maltratava fisicamente, a ponto de pegá-la no colo e atirá-la no chão do alto de seus braços. Marine não sabia mais a que guru se devotar para dar um simulacro de coerência a sua atuação, desconstruída pela substituição do diretor, desorientada pela patifaria de seu parceiro, e pulverizada por suas próprias angústias e tendências à loucura. Por intermédio de um romancista que então esperava o Prêmio Goncourt que lhe fora prometido, e, como sempre acontece, há seis anos ainda espera por ele, ao que parece só escrevendo livros destinados a obter esse prêmio, e desde então só sendo capaz de divulgar ironicamente, três meses antes da atribuição dos prêmios, títulos de livros que não têm relação alguma com livro algum, pois o editor só percebe tarde demais, depois de lançar a campanha publicitária e jornalística do livro, que não havia nenhum manuscrito por trás do título, Marine contratara um pilantra desesperado para fazer pesquisas sobre a histeria feminina, que, acreditava ela, poderiam validar seu desempenho. Marine estava sozinha no mundo, pobre pequena estrela desmascarada, exposta, depois de um imenso sucesso no cinema, a toda a maldade do público que se vinga do sucesso que ele mesmo inventou. O pai do filho de Marine, Richard, rodava um filme no deserto e todos os dias lhe enviava uma longa carta em que lhe falava da contemplação das estrelas no céu limpo do deserto e de suas leituras insones de Gaston Bachelard. A bolsa de Marine estava cheia dessas cartas amarrotadas que ela relia sem parar. A diretora do teatro que sediava o espetáculo lhe oferecera, antes da estreia, um diamante. Essa mulher de negócios não desconfiava que Marine estivesse pouco à vontade em seu papel e à beira de um colapso mental talvez irreversível, a única coisa que lhe importava era a composição da plateia na noite de estreia, com uma princesa de Mônaco, um bailarino *étoile* e um grande costureiro, todos convidados para a carnificina. Seus aplausos foram estrondosos mas seus pensamentos foram zombeteiros e os rumores que eles não deixaram de espalhar coincidiram com o veredicto injustificado da crítica: Marine parecia uma macaca ensandecida que se batia aos gritos contra as grades de sua jaula. Os louros iam para seu parceiro, um grande escroto que na verdade, eu vi o espetáculo ao voltar do México, tirava um ignóbil proveito da atuação incoerente de Marine, a quem não dirigia mais a palavra nos bastidores. A diretora, que escarnecia com sadismo das críticas que ela mesma afixava nos corredores, reconfortada por ter vendido todas as poltronas em todas as apresentações, fazia plantão na frente da porta do camarim de Marine, impedindo a entrada de seus amigos mas colocando para dentro os admiradores mais insólitos, para reforçar sua solidão e apressar o processo de decomposição mental que certamente produziria um impulso publicitário. Ao fim da apresentação, depois de um arranca-rabo com a diretora, levei Marine para jantar. Sem falar do espetáculo ou de sua atuação, afetuosamente dispensando qualquer comentário, aconselhei-a a encontrar algum meio de interromper aquelas apresentações que acabavam com ela. Ela chegara sozinha à mesma conclusão, mas precisava encontrar algo para escapar às seguradoras que tinham investido centenas de milhões na produção. Marine me disse que seria capaz de ser operada de apendicite para escapar do desastre. No dia seguinte, consultou-se com o doutor Lérisson, que lhe disse que uma cirurgia de apendicite não seria necessária, que ele poderia facilmente inventar e detectar uma infecção em seus exames. No outro dia, Marine foi transportada com urgência para um hospital de Neuilly, as apresentações foram suspensas, a imprensa ficou alarmada com o estado de saúde de Marine ou, incitada pela diretora do teatro, com as razões de sua deserção, os abutres de uma revista sensacionalista forçaram a porta de seu quarto para metralhá-la com flashes, Marine se escondeu gritando embaixo das cobertas e um vigia foi contratado para guardar sua porta. Eu a visitava, levava minhas anotações sobre um roteiro que escrevera e que ela queria filmar, ela as devorava página por página e as colocava sobre a mesa de cabeceira, ríamos juntos e lembro bem que ela tinha os pulsos enfaixados naquele dia, por isso eu disse que gostaria de fazer uma releitura com ela do retrato de Santa Teresa Maria Emmerich pintada por Gabriel von Max: toda transparente e azulada num capuz de gaze que envolve sua cabeça como uma coroa para esconder seus estigmas, os pulsos enfaixados exatamente como os dela. Perguntei a Marine se era um artifício para os jornalistas. Não, ela me respondeu, tinha acabado de receber uma transfusão de sangue.

27

Eu tinha escrito aquele roteiro pensando em Marine, é claro, pois fizera dela o modelo de minha personagem principal, roubando-lhe alguns elementos biográficos, como a neurose com a própria imagem, levada ao extremo no cinema, a obsessão, ora positiva, ora negativa, de multiplicar seu rosto ao infinito, como uma formiga operária construindo seu mausoléu de estrela, ou de obstruí-lo, aniquilá-lo com tesouradas e agulhadas nos negativos fotográficos, chegando a uma angústia simbólica, e na invenção do roteiro a luz dos projetores a queimava viva, atingida até a medula por seus raios mortais. Mas a semelhança rigorosa entre Marine e minha personagem me fizera dizer que não deveria ser ela, justamente, a desempenhar seu papel. No entanto, eu tinha alguns escrúpulos em utilizar daquela maneira sua vida sem avisá-la e decidi fazer com que ela lesse meu roteiro, por honestidade entre amigos e para ouvir suas observações. Ela me ligou na noite do mesmo dia em que eu deixara meu script em sua caixa de correio para me dizer que o achava esplêndido, a não ser por alguns detalhes, e que queria o papel a todo custo. Fiquei absolutamente perplexo: comovido e ao mesmo tempo extasiado com seu consentimento, que permitiria produzir meu filme sem dificuldade, e também preocupado com seu caráter ambíguo, que corria o risco de complicar tudo. Na época, eu tinha descoberto, graças a um artigo e a pesquisas em publicações científicas, um objeto celeste recentemente identificado pelos astrônomos, um buraco negro, como eles o chamavam, uma massa espacial que absorvia em vez de irradiar, que comia a si mesma por meio de um sistema autárquico de devoração e abocanhava as próprias bordas para aumentar seu perímetro negativo, os astrônomos tinham dado a esse novo buraco negro o nome de Geminga, com o qual batizei minha heroína. O pai do filho de Marine, Richard, voltara do deserto, ele também era um de meus modelos, obviamente, e enquanto operador de cinema e amante de Marine se tornara o protagonista masculino de meu roteiro, que fiz com que lesse, de novo por honestidade, e ele o devolveu dizendo que era atroz a impressão de ter sido espionado por anos sem saber, como se de repente descobrisse o microfone que eu instalara cinco anos antes em seus sapatos. Tive várias reuniões de trabalho com Marine sobre meu roteiro, ela me fez modificar alguns nomes, reescrever cenas, suprimir ou acrescentar outras, e, com sua aceitação e sua promessa na frente de testemunhas da profissão de que abriria mão de seu cachê em troca de participação nos lucros, colocou em marcha o processo de produção do filme, que com seu nome logo conseguiu uma produtora e coprodutores, um distribuidor e um adiantamento sobre os direitos para televisão. Mas Marine me impediu de vender meu roteiro a essas pessoas, num momento em que eu precisava de dinheiro para me libertar do jornalismo que era meu ganha-pão, argumentando que devíamos ter total liberdade sobre esse projeto que era tão importante para ela. Eu confessara a Marine, numa noite em que a acompanhara de ônibus até o teatro, depois de procurar em vão um táxi, e enquanto a hora da abertura das cortinas se aproximava de modo perigoso, que financeiramente eu não teria envergadura para preservar por muito tempo aquela independência que ela me impunha. Ela me olhou de um jeito estranho. Marine, que recebia cachês de trezentos milhões, não parava de pedir dinheiro a Richard, que me contou isso um dia, da mesma forma que ele me emprestava pequenas quantias, a mim que nunca tinha um tostão. A Eugénie, que era então minha chefe no trabalho, eu dissera no avião que nos trazia de Nova York, onde ela finalmente obtivera o aval de um empresário para o financiamento de uma revista cultural, que seria impossível eu participar de sua equipe e ser um de seus principais peões, como ela me pedia, pois estava sendo solicitado pela preparação de meu filme. Eu quase não escrevia mais artigos para o jornal e, como era pago por tarefa, colocava-me numa situação perigosa. Nas sessões de trabalho com meus produtores e meu distribuidor, lidávamos com centenas de milhões no papel, e quanto mais dinheiro conseguíamos para o financiamento do filme, mais meu saldo negativo aumentava no banco. Marine saíra do hospital, o caso fora abafado, Marine processava seu protagonista e a diretora do teatro processava Marine. Voltei a vê-la no início de março, na cerimônia do Oscar, onde ela apareceu num atroz vestido branco com uma gola de pérolas, um coque de vovozinha, mancando num salto alto demais e envolta numa estola mal ajustada, como uma Mae West bêbada, embora ela ainda não tivesse trinta anos, uma roupa infeliz, pensei, na qual, depois do fracasso no teatro, ela só poderia levar outra rasteira, suplantada por sua rival, que a substituíra de última hora no teatro e era uma favorita da competição. Mas se Marine estava presente naquela noite sinistra, pensei a seguir, conhecendo-a, só podia ser porque tinham lhe garantido que receberia o prêmio. Ganhei naquela mesma noite o prêmio de melhor roteiro, o que fez Muzil, que acompanhara a cerimônia pela televisão, dizer que eu parecia "realmente feliz". É verdade que eu estava, Marine me arrastara com ela por entre os paparazzi e desempenhara à perfeição, diante dos mesmos fotógrafos que tinham forçado a porta de seu quarto de hospital, o desfile de seu triunfo, telefonando à mãe com os olhos cheios de lágrimas que brilhavam sob os flashes, para compartilhar seu prêmio com ela ao vivo da cabine telefônica dos cozinheiros do Fouquet's, que como eu posavam inebriados ao lado da estrela. Eu voltaria a ver Marine alguns dias mais tarde, para jantarmos a dois. Eu a criticara ao telefone por nunca citar nosso projeto comum em suas entrevistas, e ela me pedira, com sua voz acuada, irritada e suplicante, para ser paciente. Eu reservara uma mesa num restaurante indiano, ela desmarcou o encontro uma hora antes, por intermédio de uma secretária. Como eu tentava entrar em contato com ela havia vários dias, liguei um pouco mais tarde, ela nunca se incomodava de me ligar a qualquer hora da noite, para seu número pessoal. O telefone nem tocou, alguém atendeu imediatamente, ouvi uma respiração contida e, quando tentei falar, desligaram. Eu estava na cama e, de repente, esse sinal premonitório da traição de Marine me enfiava uma estaca na barriga, e a cama girava em torno da estaca como um carrossel maligno, com a manivela acionada por Marine para melhor me torturar. No dia seguinte consegui falar com Richard, que me contou, a título confidencial, as causas da desistência de Marine: ela estava tendo um *love affair* com um ator americano brega mas multimilionário, que lhe prometia, em troca de um contrato de casamento, um contrato de estrela em três filmes nos Estados Unidos, o sonho de Marine. Richard, nada bem com aquilo, me perguntou o que eu pensava, e eu disse: "Ela vai voltar bem depressa, mas como a sobrevivente de um acidente", lembro exatamente de minhas palavras, "ou de um grande incêndio". A partir de então, duvidando do comprometimento de Marine, que ela no entanto confirmara com uma carta de seu agente um dia depois de ter desistido, para ficar de consciência limpa e com seu egoísmo habitual, precisei manter as aparências com os produtores e distribuidores com que me comprometera, e tentar propor para o papel feminino substitutas que obviamente não agradavam. Ameaçado materialmente pelo saldo negativo no banco, que crescia a cada dia, agarrando-me loucamente à recusa de voltar ao jornalismo, que para mim teria sido como deitar o pescoço no cepo, decidi datilografar todos os meus diários, três cadernos cheios das desgraças que me sufocavam, e levá-los ao editor que já tinha publicado cinco livros meus, e negociar um preço. Hesitei em pedir um adiantamento, e também em pedir um empréstimo para minha produtora. Muzil me disse: “Não aceite dinheiro deles, senão vai ter que pagar com a própria carne”. Eu nunca ouvira aquela expressão, que ecoou brutalmente em mim. Muzil, a alguns meses da morte, insistiu em me emprestar dinheiro, um dinheiro que por força das circunstâncias me seria impossível devolver.

28

Quando deixei o manuscrito de meu diário com meu editor, o bom homem, que já publicara cinco livros meus, me fazendo assinar os contratos um dia depois de recebê-los, sem eu nunca ler nenhum parágrafo desses contratos porque eles eram de um tipo padrão e eu podia confiar totalmente nele, me disse que não teria tempo de lê-lo, pois tinha quatrocentas páginas datilografadas, embora ele sempre me pedisse um livro grande, um romance com personagens, porque os críticos eram estúpidos demais para falar de livros que não tivessem histórias bem construídas, ficavam desconcertados e por isso não escreviam sobre eles, com uma história bem amarrada ao menos se podia ter a certeza de que eles fariam um resumo em seus artigos, visto que não eram capazes de outra coisa, em compensação quem seria louco o suficiente para aceitar ler um diário de quatrocentas páginas, que depois de impresso poderia ter quase o dobro, e com o preço do papel facilmente se chegaria a um livro que precisaria ser vendido a cento e cinquenta francos, e ora, meu pobre amigo, quem colocaria cento e cinquenta francos num livro seu, não quero ser grosseiro mas as vendas de seu último livro não foram grande coisa, quer que eu ligue agora mesmo para minha contadora para saber os números? Em dois anos aquele homem tinha vendido quase vinte mil exemplares de meus livros, nunca gastara com eles uma linha de publicidade, e agora as circunstâncias me faziam tremer à sua frente para pedir não um adiantamento mas uma prestação de contas dos direitos autorais que me devia, e ele me respondeu: "Arre, como você me irrita com essa odiosa afetação! Coloque na cabeça de uma vez por todas que não sou seu pai!".

29

No dia seguinte àquela cerimônia do Oscar, que ele acompanhara pela televisão, talvez com ciúme por eu não o ter convidado, nunca se sabe, Jules passou em minha casa e cortou meus cabelos. Ele costumava fazer isso, mas naquela manhã de domingo, sem avisar, sem me consultar, ele sacrificou quase todos os cachos loiros que, na mente das pessoas, associavam minha fisionomia de rosto arredondado à de um querubim, limpando-a radicalmente e esculpindo de repente um longo rosto anguloso, um pouco emaciado, de testa alta e um quê de amargura nos lábios, um rosto desconhecido para mim e para os outros, que ficaram estupefatos ao descobri-lo e me acusaram, com mais ou menos violência, de até então tê-los enganado sob uma personalidade que não era a minha, mas que eles justamente tinham amado, primeiro Jules, que realizara o sacrifício, depois Eugénie, que gritou de terror no escritório do jornal, dizendo que eu parecia malvado, por fim Muzil, que recebeu como que um soco no estômago ao abrir a porta, pedindo-me um momento de aclimatação para se recuperar do choque, pois ele me vira na televisão na noite anterior com minha cara de sempre. Hoje fico contente que, exatos três meses antes de sua morte, Muzil tenha tido a ocasião de conhecer meu rosto de trinta anos, que com certeza será, um pouco mais encovado, meu rosto ao morrer. Fico feliz que o gesto de Jules tenha feito com que eu não precisasse esconder de Muzil ainda vivo meu verdadeiro rosto de homem de quase trinta anos, pois naquele dia, depois de lutar consigo mesmo contra um movimento de susto e recuo, ele teve a generosidade, após um momento de reflexão, de admitir aquele rosto como verdadeiro, e declarar que no fundo o preferia ao rosto que fizera com que ele me amasse, ou mais exatamente que o achava mais legítimo e mais adequado à minha personalidade do que meu gracioso rosto de querubim encaracolado. No fim, ele se declarou encantado com o sacrifício de Jules, e bateu palmas de alegria, era assim que Muzil, esse amigo insubstituível, era. Na época, ele me pediu o contato de um tabelião, que peguei com Bill, que tinha acabado de fazer um testamento a favor do jovem por quem estava apaixonado, "desde que não haja morte violenta", reduzindo assim os riscos de ser assassinado. Muzil voltara perplexo da visita ao tabelião: ele queria deixar tudo para Stéphane, é claro, mas o tabelião lhe explicara que a sucessão de homem para homem, sem laço legal entre eles, resultaria em desvantagem fiscal para Stéphane, a não ser que ele investisse seu dinheiro em quadros de valor que poderiam sub-repticiamente, quando de sua morte, passar de um apartamento a outro. Muzil me disse naquele dia, com o jeito adorável que ele assumia quando eu saía de sua casa e ele me enviava um último beijo com a ponta do indicador sobre os lábios: "E também pensei em deixar uma coisinha para você".

30

Marine fora morar nos Estados Unidos, eu só recebia notícias suas pelos jornais sensacionalistas que a mostravam, um pouco borrada nas imagens de teleobjetiva, de óculos escuros nas ruas de Los Angeles, de mãos dadas com seu velho galã, mas notei também, minúscula nas fotografias, que ela nunca tirava a luva, uma pequena luva de cambraia branca, para segurar aquela mão que me repugnava, ela não nos enganava totalmente, nem a Richard nem a mim. Eu esperava a resposta para o Adiantamento de Receitas de meu roteiro, que eu solicitara seis meses antes, numa época em que pensei que meu filme sairia, e agora, com a desistência de Marine, o resultado desse concurso era minha última chance de um dia produzi-lo. Muzil, que eu mantinha informado de meus vexames à medida que eles aconteciam, me aconselhou a escrever para Marine em sua casa de Beverly Hills, coisa que meu orgulho me impedia de fazer. Ele me contara, talvez embelezando-a, a história da chamada *Sinfonia do Adeus*, de Haydn: contratado como compositor na corte do príncipe Esterházy, um esteta tirânico, Haydn escrevera sua última sinfonia na forma de manifesto, com a participação dos músicos, que se queixavam de que os caprichos do príncipe Esterházy os prendiam no palácio de verão tomado pela geada até a estação estar bem adiantada, impedindo-os de voltar para suas famílias na cidade. A sinfonia começava com pompa, reunindo todos os instrumentos da orquestra, que aos poucos se esvaziava de seus efetivos, a olhos vistos, tendo Haydn escrito a partitura com a eliminação sucessiva dos instrumentos, até o último solo, incluindo na música até o sopro dos músicos que apagavam a vela de suas estantes, e os sons de seus passos saindo furtivamente e fazendo ranger o assoalho lustroso da sala de concertos. Aquela era inegavelmente uma bela ideia, concomitante tanto ao crepúsculo de Muzil quanto ao sumiço de Marine, e por sugestão de Muzil esta foi a história que contei a Marine em minha carta, que nunca recebeu resposta.

31

Muzil desabou em sua cozinha antes do longo final de semana de Pentecostes, Stéphane o encontrou desacordado numa poça de sangue. Sem saber que era exatamente o que Muzil quisera evitar, mantendo-o afastado de sua doença, Stéphane ligou na mesma hora para o irmão de Muzil, que o fez ser levado para perto de sua casa, no hospital Saint-Michel. Fui visitá-lo no dia seguinte no quarto que ficava perto da porta de uma cozinha e fedia a peixe frito de cantina. O dia estava esplêndido, Muzil estava de torso nu, descobri um corpo magnífico, perfeitamente musculoso, esbelto e forte, dourado, cheio de sardas. Muzil se expunha frequentemente ao sol em sua sacada, e algumas semanas antes de desabar, seu sobrinho, com quem ele planejava a arrumação de sua casa de campo, condenada antes de estar pronta, descobriu numa mochila para ele impossível de carregar os alteres com que seu tio se exercitava todos os dias, apesar do fôlego devastado pela pneumocistose, para enfrentar a progressão diabólica do fungo que infestava seus pulmões. A irmã de Muzil saiu do quarto quando cheguei, para nos deixar a sós, ela lhe levara complementos alimentares, frutas cristalizadas. Eu nunca a vira antes, era uma mulher de coque grisalho, aparentemente enérgica, mas que as circunstâncias ou revelações feitas pelo outro irmão cirurgião a faziam chorar, ou suavizavam seu pulso forte. Muzil estava sentado na poltrona reclinável de lona branca, diante da janela ensolarada, naquele quarto que fedia a peixe frito, no silêncio daquele hospital esvaziado pelo fim de semana de Pentecostes. Ele disse, evitando meus olhos: "Sempre pensamos, nesse tipo de situação, que teremos algo a dizer, mas justamente não há nada a ser dito". Ele não usava óculos, e junto com seu torso de homem jovem com a pele levemente enrugada, descobri seu rosto sem óculos, eu não saberia o que dizer a respeito, não o retive, a imagem de Muzil que sempre evito rememorar está no entanto gravada em minha memória e em meu coração de óculos, a não ser quando ele rapidamente esfregava os olhos e os retirava na minha frente. Por causa da queda, ele tinha um pouco de sangue seco atrás da cabeça, vi quando ele se levantou, exausto, para ir se deitar. Uma alavanca fora colocada acima de sua cama e permitia que ele se segurasse para deitar ou levantar, e aliviava um pouco o movimento muscular e respiratório que o peito lhe arrancava paralisando todo seu corpo e enrijecendo suas pernas em cãibras nervosas entrecortadas. Ele ainda botava os bofes para fora em intermináveis ataques de tosse, que ele só interrompia para me pedir para sair do quarto. Tinham deixado sobre a mesa de cabeceira uma escarradeira de papelão e a enfermeira dizia a cada visita que ele precisava cuspir, cuspir o máximo possível, e a irmã que ouvira a enfermeira repetiu a mesma coisa ao sair, apontando para a escarradeira onde ele precisava cuspir, cuspir o máximo possível, e aquilo irritava Muzil, ele sabia que não havia mais nada para sair. Fariam nele uma punção lombar, ele estava com medo.

32

Eu voltava ao Saint-Michel todos os dias para visitar Muzil, o quarto sempre cheirava a peixe frito, o mesmo sol aberto parava no parapeito da janela quadrada, a irmã se esquivava ao me ver chegar, Muzil não havia comido as frutas cristalizadas, a escarradeira estava vazia, e a punção lombar dera errado, tentariam uma segunda vez, seria terrivelmente doloroso, as enfermeiras diziam que o empilhamento das vértebras, com a idade, impedia a penetração do dreno dentro da medula, e agora que conhecia essa dor Muzil a temia mais do que tudo, lia-se em seu olhar o pânico de um sofrimento que não vem de dentro do corpo mas é provocado artificialmente por uma intervenção externa no foco do mal com o pretexto de estancá-lo, estava claro que para Muzil aquele sofrimento era mais abominável que seu sofrimento íntimo, que se tornara familiar. Desencorajado pelo fracasso latente de meu filme, que se tornaria oficial a menos que eu conseguisse o Adiantamento de Receitas, eu retomara timidamente o trabalho no jornal, escrevia alguns artigos aqui e ali. Acabara de entrevistar um colecionador de retratos naïfs de crianças, ele me dera o catálogo de sua exposição, e eu o tinha sobre meus joelhos junto com os jornais que trouxera para Muzil, decidi mostrar-lhe o álbum, sentado ao lado dele, que estava deitado na cama, pois desistira do esforço sobre-humano de se sentar na poltrona. Logo nos deparamos com um retrato intitulado *Menininho triste*, que poderia ter sido um retrato infantil de Muzil, que eu nunca vira naquela idade em fotografia: rosto estudioso e melancólico, obstinado e perdido ao mesmo tempo, fechado em si mesmo mas ávido de experiências. Muzil me perguntou à queima-roupa o que eu fazia de meus dias: de repente, na confusão de sua inteligência, meu emprego do tempo, que ele antes conhecia praticamente hora a hora por causa de nossas conversas telefônicas cotidianas, tornara-se misterioso, ele me perguntara aquilo com suspeição, como se tivesse descoberto no amigo um preguiçoso inveterado cuja ociosidade o repugnava, ou como se eu passasse meu tempo trabalhando justamente para seus inimigos, que agora eram legião, para fomentar as conspirações que precipitariam sua decadência. "Mas, afinal, o que você faz o dia todo?", ele me perguntava todos os dias, agora que suas atividades estavam paralisadas, reduzidas a movimentos regulares do olho que seguiam a bola de tênis na tela da televisão que transmitia ao vivo Roland-Garros. Eu lhe disse que retomara meu manuscrito sobre os cegos, e vi em seu olhar uma ponta de sofrimento aterrorizado, consciente de sua incapacidade de retomar o próprio manuscrito, que tinha o último volume apenas esquematizado. Desde minha primeira visita ao hospital, eu anotava tudo em meu diário, ponto por ponto, gesto por gesto e sem omitir qualquer palavra da conversa rarefeita, atrozmente triada pela situação. Aquela atividade diária me aliviava e desgostava, eu sabia que Muzil teria sofrido muito se soubesse que eu registrava tudo como um espião, como um adversário, todos aqueles pequenos nadas degradantes, em meu diário, que talvez estivesse destinado, e isso era o mais abominável, a sobreviver-lhe e a testemunhar uma verdade que ele teria desejado apagar dos contornos de sua vida para deixar apenas as arestas bem polidas, em torno do diamante negro, luzidio e impenetrável, bem fechado sobre seus segredos, que sua biografia corria o risco de se tornar, um verdadeiro quebra-cabeça desde sempre repleto de inexatidões.

33

A memória dá um salto para a frente, mas não quero voltar a esse diário agora, para me poupar, cinco anos depois, da tristeza daquilo que, ao se ater demais à sua origem, a recria violentamente, pois Muzil fora transferido para o hospital Pitié-Salpêtrière. Quando entrei em seu novo quarto, ele estava cheio de amigos, mas Muzil não estava lá, esperavam que voltasse da última tentativa de punção lombar, roubavam-lhe sua medula. Stéphane trazia suas pilhas de correspondências de casa e não deixava a Muzil o cuidado de abri-las, jogava-as no lixo enquanto lhe dizia o que eram, havia nos envios daquele dia um livro de Matou, cujo título evocava o cheiro dos cadáveres, Muzil o folheou para ver a dedicatória e leu: "Esse perfume". Em pânico, me perguntou o que aquilo significava e eu, com calculada frivolidade, respondi que era puro Matou e que não havia nada especial a ser entendido. Para preencher o silêncio, um conhecido que estava presente relatou sua visita a uma exposição no Grand Palais, que abrigava um quadro de título famoso que Muzil comentara detalhadamente num ensaio. Mas Muzil não conseguia entender de que se tratava, fazia perguntas sobre o tema do quadro, consciente, dado o incômodo geral, de um deslize de sua mente, o pior tipo para ele. Quando saímos todos juntos do quarto, porque estava na hora dos cuidados, Stéphane nos disse no pátio do hospital que a doença de Muzil, nos escondera isso até aquele momento, para que continuássemos a manter as aparências na frente de Muzil e porque ele mesmo o descobrira havia pouco, era fatal, que várias lesões irremediáveis tinham sido detectadas em seu cérebro, mas que aquilo não devia absolutamente se espalhar por Paris, e ele foi embora sozinho, de repente, recusando o "apoio moral" que alguns de nós se diziam dispostos a lhe dar.

34

No dia seguinte, eu estava sozinho no quarto com Muzil, segurei sua mão por um bom tempo, como às vezes eu fazia em seu apartamento, sentado a seu lado no sofá branco, enquanto o dia declinava lentamente entre as portas de vidro bem abertas para o verão. Então pousei meus lábios em sua mão para beijá-la. Voltando para casa, ensaboei os lábios, com vergonha e alívio, como se tivessem sido contaminados, da mesma forma que os ensaboei em meu quarto de hotel da rua Edgar Allan Poe depois que a velha puta enfiou a língua no fundo de minha garganta. E fiquei tão envergonhado e aliviado que peguei meu diário para escrever isso após o relato de minhas visitas anteriores. Mas me senti ainda mais envergonhado e aliviado depois que esse gesto feio foi escrito. Com que direito eu escrevia tudo aquilo? Com que direito fazia aqueles ataques à amizade? E com alguém que eu adorava de todo o coração? Tive então, pela primeira vez, uma espécie de visão, ou vertigem, que me dava plenos poderes, que me encarregava dessas transcrições ignóbeis e que as legitimava anunciando-me, era portanto a chamada premonição, um pressentimento poderoso, que eu estava plenamente habilitado para isso porque não era tanto a agonia de meu amigo que eu descrevia, mas a agonia que me esperava e que seria idêntica, havia uma certeza de que para além da amizade estávamos ligados por um destino tanatológico comum.

35

Muzil fora transferido para o centro de terapia intensiva no fim do corredor, Stéphane me avisara que seria preciso desinfetar as mãos na antessala, colocar luvas e pantufas de plástico, e vestir uma bata e um gorro antissépticos. Dentro do quarto de terapia intensiva reinava uma confusão inacreditável, um homem negro destratava a irmã de Muzil porque ela lhe levara comida escondida, ele atirava no chão seus potinhos de flã de baunilha dizendo que eram proibidos, e que tudo o que estava em cima da mesa de cabeceira também era proibido, por motivos de higiene e comodidade dos movimentos dele, enfermeiro do centro de terapia intensiva, em caso de emergência. Ele disse que não estávamos em uma biblioteca, pegou os dois livros de Muzil que Stéphane trouxera da editora, recém-saídos da gráfica, e decretou que nem eles eram permitidos, só o corpo do doente e os instrumentos para os cuidados médicos. Com um olhar, Muzil me pediu para não dizer nada e sair, também mentalmente ele sofria de maneira atroz. No pátio do hospital iluminado por aquele sol de junho que se tornava a pior ofensa para a infelicidade, pela primeira vez entendi, pois quando Stéphane me disse eu não quisera acreditar, que Muzil morreria, muito em breve, e essa certeza me desfigurou aos olhos das pessoas que passavam por mim, meu rosto desfeito escorria sob minhas lágrimas e se estilhaçava com meus gritos, eu estava tomado pela dor, eu era *O grito* de Munch.

36

Dois dias depois, no corredor, vi Muzil atrás do vidro, com os olhos fechados sob o lençol branco, tinham lhe feito uma punção cervical, a marca do buraco aparecia em sua cabeça. Na véspera ele me pedira permissão para fechar os olhos, e para que eu continuasse falando sem esperar resposta de sua parte, falando sobre qualquer coisa, apenas pelo som de minha voz, até que eu me cansasse e fosse embora sem me despedir. E eu, como um cretino, anunciara a notícia recebida pela manhã, de que eu não ganhara o Adiantamento de Receitas para meu filme, uma esperança perdida, Muzil dissera apenas, como uma esfinge: "Tudo recomeçará em 1986, depois das eleições legislativas". Uma enfermeira me alcançou no corredor e me disse que eu não podia ficar ali sem autorização prévia, porque não era da família, eu precisava falar com o médico para receber uma autorização, as entradas eram controladas porque se temia que um abutre tentasse fotografar Muzil. O jovem médico me perguntou quem eu era, e disse alusivamente, como se eu estivesse totalmente a par do que ele estava falando, o que não era nem um pouco o caso: "O senhor sabe, com uma doença desse tipo nunca sabemos muita coisa, para ser sincero, é melhor ser prudente". Ele não me deu permissão de voltar a ver Muzil com vida, invocou a lei do sangue que privilegiava os membros da família em relação aos amigos, não estava questionando nem um pouco que eu fosse um de seus próximos, senti vontade de cuspir na cara dele.

37

Nem David nem eu pudemos voltar a ver Muzil, que no entanto exigia nossa presença, confirmou-nos Stéphane, para quem ligávamos todos os dias para saber notícias. Eu enviara ao Pitié, ao menos deixavam passar o correio, uma mensagem endereçada a Muzil, na qual dizia que o amava, era uma pena ter esperado aquele momento, e anexara uma fotografia minha em cores tirada por Gustave na sacada do hotel de Assuã, onde eu, de costas, contemplava o pôr do sol sobre o Nilo, e para me deixar feliz Stéphane disse que com frequência surpreendia Muzil com essa foto na mão ao chegar. Agora, explicava Stéphane, Muzil só falava por meio de frases alusivas, como: "Temo que o potlatch acabe em seu desfavor" ou "Espero que a Rússia volte a ser branca". Devido à lei do sangue, além da visita essencial de Stéphane, todos os dias Muzil recebia a visita da irmã, da qual ele se afastara bastante nos últimos dez anos, apesar do afeto mútuo. O jovem médico, ele contara a Stéphane, passava horas conversando com Muzil durante a noite. Eu voltara para casa, certa tarde, quando um colega jornalista me telefonou perguntando se eu tinha fotos de Muzil. Não entendi, ele começou a chorar, desliguei o telefone e peguei um táxi para o hospital. No pátio do prédio que abrigava o centro de terapia intensiva, cruzei com Stéphane, que estava com outros conhecidos e me disse, num tom casual: "Suba logo para beijá-lo, ele o ama tanto". De repente, sozinho no elevador, fui tomado por uma dúvida: ele dissera a frase no presente, então talvez fosse apenas um rumor, ao mesmo tempo, porém, a atitude de Stéphane parecia normal demais para o ser de fato, segui pelo corredor e não vi ninguém, nem plantão nem enfermeira de guarda, como se todos tivessem saído de férias depois de um grande trabalho, voltei a ver Muzil atrás do vidro, sob o lençol branco, de olhos fechados, com uma etiqueta amarrada no punho ou na perna, que saía para fora do lençol, eu já não podia entrar no quarto, já não podia beijá-lo, agarrei uma enfermeira e a puxei até o corredor, segurando seu jaleco: "É verdade que ele morreu? Hein? Ele morreu mesmo?". Não queria uma resposta, apenas fugi. Atravessei correndo a Pont d'Austerlitz cantando aos berros a canção de Françoise Hardy que aprendera de cor com Étienne Daho: "*Et si je m'en vais avant toi/ Dis-toi bien que je serai là/ J'épouserai la pluie, le vent/ Le soleil et les éléments/ Pour te caresser tout le temps/ L'air sera tiède et léger/ Comme tu aimes/ Et si tu ne le comprends pas/ Très vite tu me reconnaîtras/ Car moi je deviendrai méchant/ J'épouserai une tourmente/ Pour te faire mal et te faire froid/ L'air sera désespéré comme ma peine/ Et si pourtant tu nous oublies/ Il me faudra laisser la pluie/ Le soleil et les éléments/ Et je te quitterai vraiment/ Et je nous quitterai aussi/ L'air ne sera que du vent/ Comme l'oubli*".* Eu pairava acima da Pont d'Austerlitz, era o detentor de um segredo que os passantes ainda ignoravam, mas que mudaria a face do mundo. Na mesma noite, no jornal, Christine Ockrent, sua queridinha, devolveria a Muzil seu riso franco. Passei na casa de David, ele estava com Jean, os dois sem camisa, se coçando muito, tinham cheirado pó para aguentar, me ofereceram um pouco, preferi sair e continuar cantando.

* "E se eu me for antes de você/ Fique sabendo que estarei aqui/ Serei a chuva, o vento/ O sol e os elementos/ Para acariciá-lo todo o tempo/ O ar será quente e leve/ Como você gosta/ E se você não entender/ Logo me reconhecerá/ Pois me tornarei desagradável/ Serei uma tempestade/ Para machucá-lo e deixá-lo com frio/ O ar ficará desesperado como minha dor/ E se no entanto você nos esquecer/ Precisarei deixar a chuva/ O sol e os elementos/ E o deixarei de verdade/ E também nos deixarei/ O ar será apenas vento/ Como o esquecimento." [N. T.]

38

Almocei com Stéphane numa pizzaria perto de sua casa um dia depois da morte. Ele me disse que Muzil morrera de aids, ele próprio só soubera disso na noite anterior, ao acompanhar a irmã até a administração do hospital, quando leu junto com ela no prontuário: "Causa da morte: aids". A irmã pedira que retirassem aquela informação, que a rasurassem completamente, se preciso que a raspassem, ou melhor, que arrancassem a página e a reescrevessem, claro que aquele registro era confidencial, mas nunca se sabe, talvez em dez ou vinte anos um biógrafo bisbilhoteiro fotocopiasse aquela página, ou radiografasse a marca deixada por ela na página seguinte. Stéphane imediatamente revelara o único testamento manuscrito de Muzil, que o protegia de uma intrusão da família no apartamento, mas os termos desse testamento eram alusivos demais, e não designavam Stéphane como um herdeiro evidente. Tranquilizei-o dizendo que nos últimos meses Muzil consultara um tabelião, cujo endereço lhe passei. Stéphane voltou de mãos abanando do encontro com o tabelião: o testamento existia, e a seu favor, é claro, mas não passava de um rascunho feito pelo tabelião depois da conversa com Muzil, que nunca voltara para assinar a versão final, e como esse testamento não fora escrito de próprio punho, não tinha nenhum valor jurídico. Stéphane precisou negociar com a família o apartamento com os manuscritos, em troca da renúncia dos direitos autorais e morais, que não lhe estavam reservados.

39

Na manhã do transporte do corpo, no pátio do Pitié, não muito longe do crematório, uma greve parcial dos transportes me impediu de chegar a tempo, não encontrei nenhum táxi na Place d'Alésia e decidi descer ao metrô, onde duas ou três mudanças de linha me atrasaram ainda mais, nas ruelas cinza desse velho bairro às margens do Sena, bastante próximo, pensando bem, do instituto médico-legal, morgue que me dá calafrios na espinha sempre que passo na frente, uma grande quantidade de pessoas já afluía à procura do ponto de encontro, pois Stéphane fizera questão de publicar um anúncio em dois jornais, temendo que a cerimônia fosse mirrada em comparação ao funeral pomposo do outro grande pensador morto alguns anos antes, mas na verdade o bairro estava cercado por viaturas da polícia, e havia tanta gente reunida no pátio por onde saíam os corpos que desisti de me esgueirar pela multidão para me aproximar, fiquei na ponta dos pés, enquanto um filósofo próximo de Muzil, que parecia estar de pé sobre uma caixa, de chapéu, murmurava o texto de uma homenagem que ele em seguida ofereceu a Stéphane. As pessoas gritavam para que ele falasse mais alto. A multidão se dissipou depois da passagem do corpo. Fui ao encontro de Stéphane e David. Stéphane me disse que eu tivera sorte de não ver o corpo, não era uma visão agradável. David não queria ir ao enterro no vilarejo da família de Muzil na região de Morvan, ele temia não ter forças para tanto, eu queria que ele fosse, mas ele se recusou até o fim, o que foi um erro, pois o enterro foi bastante alegre e leve, comparado à infelicidade das últimas semanas. Antes que os carros saíssem, houve várias idas e vindas precipitadas em torno da pessoa de Stéphane, uma grande atriz amiga de Muzil lhe entregou uma rosa de seu jardim, para que ele a atirasse na cova por ela, e naquele momento a secretária de Muzil, que eu via pela primeira vez, me disse que ele a fizera escrever, durante a última sessão de trabalho dos dois, respostas positivas a todos os convites chegados do mundo inteiro, com datas que geralmente, tanto pior, ele lhe dissera, coincidiam, sim, ele se alegrava antecipadamente, esfregando as mãos, com aquela conferência no Canadá, com aquele seminário na Geórgia e com aquela leitura em Düsseldorf. Na estrada, o assistente de Muzil, Stéphane e eu paramos num restaurante para comer, foi uma ideia de Stéphane, que lembrou que Muzil adorava *andouillettes* grelhadas. Fomos recebidos pela mãe de Muzil, ereta, majestosa e transparente, sem uma lágrima, instalada numa poltrona *à capuchon* sob um quadro do século XVIII, fazendo sala a algumas mulheres importantes do vilarejo que lhe apresentavam suas condolências, o semanário que tinha uma fotografia de Muzil na capa estava em evidência sobre a mesa de centro. Visitamos a propriedade, muito ampla, com o irmão de Muzil, aquela era inegavelmente uma grande família burguesa da província, a família mais respeitada do vilarejo, o pai era cirurgião da sede da divisão administrativa, uma figura prestigiosa. Eu nunca imaginara que Muzil tivesse nascido numa família tão abastada, mas, pensando bem, tudo fazia sentido: seu agudo senso de economia ao lado de uma irresponsabilidade em matéria de dinheiro, seu lado desconfiado e quase mesquinho em relação a todos os sinais de luxo, que eu teria considerado um reflexo pequeno-burguês. O irmão, que não estava longe de ser um sósia de Muzil, nos mostrava o esplêndido jardim, e em dado momento nos disse, com a cabeça baixa: "É uma doença incurável". Ele nos mostrou o gabinete de Muzil, onde estudava quando jovem, era o lugar mais rústico da casa, nunca aquecido, como uma cabana de jardineiro em que ele instalara uma biblioteca e onde a mãe desde então guardava todos os seus livros. Tirei um da prateleira, o primeiro, e li a dedicatória: "Para Mamãe, o primeiríssimo exemplar deste livro que é seu de direito e nascença". Minha mãe me contou por telefone no dia seguinte que ouvira no rádio uma entrevista com a mãe de Muzil, que atendera os jornalistas na frente do muro do cemitério, sentada numa cadeira dobrável, e dera uma espécie de coletiva de imprensa, declarando: "Quando pequeno, ele queria se tornar um peixinho dourado. Eu dizia: 'Mas, meu querido, é impossível, você detesta água fria'. Aquilo o mergulhava num abismo de perplexidade e ele respondia: 'Então só por um segundinho, eu gostaria tanto de saber o que ele pensa'". Aquela mãe fizera questão de encomendar uma lápide, na qual gravariam o nome da instituição prestigiosa onde Muzil dava aulas ao fim da vida, e Stéphane lhe dissera "Mas todo mundo sabe disso", e ela replicara: "Todo mundo sabe agora, mas não podemos contar apenas com os livros em vinte ou trinta anos". Um depois do outro, atiramos na cova as flores que nos ofereciam de um cesto, cada um de nós era fotografado pelos jornalistas na hora de atirar a flor no túmulo. Ao voltar para casa à noite, telefonei para Jules, ele não pôde falar por muito tempo, estava trepando com dois rapazes que tinha acabado de pegar numa boate, sujeitos completamente drogados que lhe davam um pouco de medo. Berthe tinha ido para o campo com a filha deles de cinco meses.

40

Eu reagira como se costuma reagir ao luto de um amigo, não o deixando afundar em problemas de herança, incentivando-o a fazer uma viagem para se distrair um pouco. Tínhamos previsto que, naquela data, Muzil e Stéphane teriam ido a nosso encontro na ilha de Elba e, durante o semestre que precedera a morte de Muzil, nós três falamos sobre aquelas férias várias vezes, Stéphane acreditava sinceramente que elas aconteceriam, como eu, e na duplicidade de seu discurso de lucidez e enganação Muzil nos fizera acreditar que também acreditava naquelas férias iminentes, até o dia em que, dados os preparativos, precisou confessar a Stéphane, às minhas costas, que nunca acreditara na possibilidade daquela viagem, o que só fiquei sabendo depois de sua morte. Preocupado com sua própria saúde, e quase certo da transmissão do agente destruidor que matara Muzil, Stéphane consultou o especialista da clínica dermatológica, que, não sabendo muito mas querendo tranquilizá-lo, anunciou-lhe que ele certamente escapara do perigo, visto que a aids, ao que parecia, era transmitida pela presença dentro do corpo, no mesmo momento, de ao menos duas fontes de infecção diferentes, dois espermas contaminados que agiam juntos como uma detonação. Convidei Stéphane para vir a nosso encontro na ilha de Elba, Gustave cedeu seu quarto à viúva, que não perdeu uma ocasião de se lamentar em público, ou, o que foi ainda mais espetacular, de fugir de nossa presença bem no meio de um jantar e sair correndo para se enclausurar no quarto. Fui designado para bater à porta depois de quinze minutos, para conter a torrente de lágrimas. Stéphane, que primeiro se recusara a abrir a porta, gritou soluçando: "Eu nunca teria adivinhado que você era tão mesquinho, e Muzil também nunca teria adivinhado, você nos enganou a todos, você é a perfídia em pessoa, pobre Muzil, como ele se enganou a seu respeito!". Eu disse a Stéphane que de fato tinha muita dificuldade de me portar em grupo, que não conseguia encontrar um meio-termo sociável entre o estado de prostração contraída e o de euforia agressiva, mas que Muzil, a quem um dia expus esse dilema, me aconselhara acima de tudo a não fazer nenhuma força: fazer força era a pior coisa a infligir aos amigos, eu era como era e ponto, todos pensavam como ele pois gostavam de mim daquele jeito. Stéphane quase beijou minhas mãos ao ouvir essas palavras, depois disso não parou de me julgar adorável e desculpar meus humores junto aos demais. Ele me confessou que se sentia extremamente culpado porque a morte de Muzil é que lhe permitia ser convidado para uma casa tão bonita, cheia de rapazes tão bonitos. Foi naquele verão, é claro, que eu disse a Gustave, deitado nu a meu lado sobre as pedras, onde nos bronzeávamos: "Vamos todos morrer dessa doença, eu, você, Jules, todos que amamos". Da ilha de Elba, Stéphane viajou para Londres, onde entrou em contato com uma associação de apoio mútuo para doentes de aids. Ao voltar, ele decidiu organizar uma instituição similar na França.

41

Stéphane me pediu, antes de tomar posse do apartamento de Muzil, para fotografá-lo tal como ele o havia deixado. Ele queria que eu fosse testemunha da adjudicação do imóvel e produzisse um documento destinado aos pesquisadores. Ao chegar ao pátio, percebi que tinham arrancado a hera da parede e expulsado os pardais, que faziam uma algazarra dos diabos quando eu o atravessava para jantar na casa de Muzil. O dia combinado, e eu não pisava no apartamento desde a morte de Muzil, amanheceu cinza, mas a luz apareceu milagrosamente assim que peguei as máquinas fotográficas. Eu estava com minha pequena Rollei 35 para os planos gerais, a sala com as máscaras negras e o desenho de Picabia que se parecia com ele, e a Leica de Jules emprestada, para capturar os detalhes: no cesto de papéis havia um envelope amassado com um endereço que Muzil começara a escrever. Em quatro meses, o tormento da ausência tivera tempo de se depositar sobre as coisas como uma poeira impossível de assoprar para longe, elas tinham se tornado intocáveis, por isso precisavam ser fotografadas antes de serem recobertas por novas desordens. Stéphane me mostrou os manuscritos, empilhados num armário, todos os esboços e rascunhos do livro infinito que não tinham sido rasgados. Nos sofás, acumulavam-se documentos sobre o socialismo, Muzil preparava um ensaio sobre os socialistas e a cultura, mas na época do projeto, confidenciara-me seu assistente no ônibus, ele já não tinha a cabeça de sempre. Stéphane quis que eu fotografasse a cama de Muzil, que este nunca me mostrara, sempre tomando o cuidado de fechar a porta atrás de si quando, nas raras vezes que saíamos para jantar, ele percebia ter esquecido as chaves ou o talão de cheques no bolso de outro casaco. Na verdade, o quarto de Muzil era um cubículo sem janela e com um colchão, quase uma alcova, pois, com exceção do escritório espaçoso com sua biblioteca, ele fizera questão de ceder a Stéphane, que agora se culpava, a parte mais confortável e independente do apartamento. A contragosto, empurrado nas costas por Stéphane, que via naquilo um documento inestimável para os pesquisadores, enquadrei o pobre colchão no chão, é verdade que não havia profundidade para fazer a fotografia e eu sabia por experiência própria que ela não "daria" nada, mas o clique não saiu, não havia mais filme. Com essa série de fotos, da qual nunca fiz nenhuma tiragem, contentando-me em entregar a Stéphane uma cópia da folha de contatos, libertei-me como um feiticeiro de minha obsessão, circunscrevendo o extinto ambiente de minha amizade: não era um pacto de esquecimento, mas uma certidão de eternidade firmada pela imagem. A associação humanitária de Stéphane começara a todo vapor, nós fomos os primeiros, com David e Jules, eu por intermédio do doutor Nacier, que tinha se engajado nela, a contribuir. Mas nem sempre era fácil, me disse Stéphane, era preciso ter nervos de aço: "Neste momento, estamos com uma família de haitianos, todos com aids, o pai, a mãe e os filhos, então você pode imaginar". Antes de sair do apartamento, fui à biblioteca consultar as referências de um volume de Gógol que eu queria ler, e Stéphane, que se aproximara por trás para ver o que eu estava fazendo, disse: "Não, Gógol não, mas se quiser pode levar todos os Turguêniev, não pretendo lê-los".

42

Eu voltara a trabalhar no jornal. Eugénie me propôs viajar para o Japão com ela e o marido, Albert, ao set do novo filme de Kurosawa, portanto era o inverno de 1984, pois meu livro sobre os cegos ainda não fora lançado, e ficamos muito surpresos, Anna e eu, numa calçada de Asakusa, por termos ambos escrito ou considerado escrever um texto sobre o mesmo assunto, cegos. Eu encontrara Anna por acaso no hall do hotel Imperial de Tóquio, onde Albert marcara um encontro com ela. Nós nos tratamos com frieza. A aventureira saía um tanto atordoada de uma viagem de três semanas com o transiberiano, onde, atravessando a Rússia e a China, não fizera mais que surrupiar o caviar e a vodca de um apparatchik de Vladivostok. Eu a entrevistara antes da viagem e, para ilustrar o artigo, ela me emprestara uma fotografia sua aos sete anos de idade, tirada por seu pai, uma cópia única que ela considerava, como me dissera, a menina de seus olhos. Eu nunca tinha perdido nada no jornal, em oito anos de trabalho, e nunca tinha sido roubado, mas tomei a precaução de recomendar cuidado à diagramadora, depois à secretária que fazia a ponte entre a redação e a diagramação, e assim, com esse cuidado excessivo sobre ela, a famosa fotografia se perdeu. Anna a exigira de volta de maneira muito desagradável, chegando a me ameaçar, embora eu tivesse revirado de alto a baixo os cinco andares do jornal na esperança de encontrá-la. Ela me dissera: "Não estou nem aí para sua esperança, exijo que devolva minha foto". E fora inclusive até minha casa, na véspera da viagem, para me insultar. Diante de sua notória indiscrição, eu a deixara no corredor e fechara a porta em sua cara. Nesse meio-tempo, a foto me fora devolvida, por remorso, pela pessoa que furtara o álbum em que, por azar, a diagramadora colocara a fotografia para protegê-la; o ladrão ou a ladra, depois de um mês de recriminações públicas, simplesmente enfiara o livro com a fotografia dentro de meu escaninho. Comuniquei a Anna a boa notícia assim que a vi no hall do hotel Imperial, em Tóquio, e a abusada não achou nada melhor para dizer além de: "Você escapou por pouco". Decidi esnobá-la, mas ela não parava de se colar ao pequeno grupo que Eugénie, Albert e eu formávamos. Uma noite, em Asakusa, na rua central que leva ao templo, entre as lojas de zinco que vendiam doces, leques, pentes, lacres e sinetes de pedras preciosas ou falsas, enquanto Eugénie e Albert se demoravam numa loja de pantufas, Anna e eu seguimos em frente na direção do pagode, até o caldeirão de cobre cujos vapores de incenso os peregrinos usavam para esfregar, como um sabonete de fumaça, bochechas, testa e cabelos. Havia um balcão de cada lado, com minúsculas gavetas que os fiéis abriam ao acaso para retirar um papelzinho com um presságio ilegível, que eles levavam a um dos dois monges oficiantes, simétricos ao altar do Buda de ouro protegido por uma placa de vidro, de pé atrás de prateleiras que lembravam um depósito de bagagens, para que eles decifrassem o presságio codificado em troca de uma oferenda. Se ele fosse benéfico, o fiel o atirava, por uma fenda sob o vidro, aos pés do Buda com os ienes que favoreceriam sua realização. Se fosse maléfico, o crente o abandonava na intempérie, prendendo-o a um arame farpado, uma lixeira ou uma árvore, a fim de que, através daquela penitência, ele fosse dissolvido pelas forças infernais. Foi por isso que, em Quioto, encontramos em torno dos templos árvores nuas farfalhando papeizinhos brancos que de longe pensamos ser as tradicionais cerejeiras em flor. Anna e eu acabamos entrando no templo de Asakusa; de repente, plantada na frente de um tabernáculo translúcido em forma de pirâmide, onde luzes cintilavam, Anna me estendeu uma minúscula vela, dizendo: "Não quer fazer um pedido, Hervé?". Naquele segundo, um gongo ecoou, a multidão saiu com pressa, o Buda de ouro se apagou em sua jaula luminosa, uma barra de ferro estalou, encaixando-se nos dois batentes da entrada monumental para fechá-la, não tivemos tempo de escapar, estávamos indiscutivelmente presos dentro do templo. Um monge nos fez sair por uma pequena porta nos fundos, que dava para um parque de diversões. Fui interrompido na formulação de meu pedido, mas ele fora apenas adiado, e o episódio, em sua estranheza, selara minha amizade com Anna. Partimos então para Quioto, onde ela nos apresentou a Aki, um pintor que voltara ao lugar de nascimento para os setenta anos do pai, e que nos guiou pela cidade e nos fez visitar o Pavilhão de Ouro. Moradores de Tóquio tinham nos recomendado visitar o Templo do Musgo, mas para isso era preciso ser apadrinhado por um morador local e reservar seu lugar numa pequena lista que dava direito a uma visita por mês. O Templo do Musgo ficava longe do centro, na zona rural de Quioto. Numa manhã fria e ensolarada, éramos dez pessoas esperando diante das grades que um monge viesse nos buscar, primeiro conferindo nossos nomes um por um em nossos documentos de identidade, depois nos levando para um guichê onde fomos cuidadosamente aliviados de nossas fortunas. Depois de tirarmos os sapatos e atravessarmos de meia um pátio de cascalho gelado, entramos numa grande peça igualmente gélida, ocupada por um imenso tambor nas proximidades de um altar, dez mesinhas de escrita alinhadas no chão com almofadas, pincéis, bastões de tinta para diluir, godês e, sobre o tampo, pergaminhos em que apareciam, contra a luz, filigranas de signos complexos que formavam, nos disse Aki, palavras incompreensíveis até para ele, e que acabavam constituindo, por meio de seu número e arranjo, uma oração, a ritual e misteriosa oração do Templo do Musgo, que os monges, ritmando-a com monótonos toques de tambor, nos obrigavam a pronunciar na íntegra e em silêncio, se quiséssemos ter acesso ao milagroso jardim dos musgos e merecer a beleza daquela visão, caligrafando um por um os signos da oração, reinventando-a sem compreendê-la enquanto enchíamos de tinta, o mais minuciosamente possível, o relevo das filigranas. Albert, marido de Eugénie, atirou seu pergaminho para o alto, vociferando: aqueles monges eram vigaristas, tinham nos extorquido, fazia um frio de morrer e levaríamos ao menos duas horas, numa razão de cinco minutos por signo, para chegar ao fim daquele trapo que talvez contivesse um monte de obscenidades, além disso tínhamos cãibras terríveis e formigamentos nas pernas de ficar sentados de pernas cruzadas, ele saiu da sala e foi proibido de entrar no jardim dos musgos. Anna e eu, lado a lado, levamos a tarefa a sério, competindo no esmero de redesenhar os signos, o mais delicada e rigorosamente possível, sem nenhum borrão. Aki nos explicou que devíamos, no fim, depois de acabar, escrever nossos nomes e um desejo acima da oração, deixá-lo sobre uma prensa na frente do altar, pois a obra dos monges do Templo do Musgo, era a isso que dedicavam sua vida, consistia em rezar para que os desejos depositados ali por alguns raros desconhecidos se realizassem. Depois de duas horas de trabalho, numa concentração extrema que extinguira as cãibras e eliminara o tempo, eu estava quase pronto para fazer meu desejo, meu desejo adiado, que não mais se evaporaria junto com a vela que o carregaria. Mas eu temia, por causa da curiosidade de Anna, que ela o lesse, então tive a astúcia de codificá-lo, e me inclinei sobre seu ombro para espiar o seu. Ela tinha acabado de escrever "A rua, o perigo, a aventura", depois riscara "o perigo" e eu não quis saber com o que o substituíra. Escrevi meu desejo codificado de sobrevivência, para Jules e para mim, e Anna me perguntou na mesma hora o que ele significava. Então pudemos entrar no incrível jardim dos musgos.

43

Eu odiava Marine. Ela fizera seu filme nos Estados Unidos, os jornais tinham espalhado rumores de casamento, rompimento e retorno. Uma noite em que Hector me convida para jantar no restaurante do Quai Voltaire, deixamos nossos casacos no vestiário e o maître me faz sinal para segui-lo, desço três degraus atrás dele e entro na sala onde, imediatamente, me deparo com Marine, sentada no nicho dos fundos, de óculos escuros, de frente para um jovem, bem ao lado da mesa onde o maître me convida a sentar, indicando-me o banco, e constato ao me instalar que uma divisória me separa de Marine, mas que um espelho equidistante na parede oposta nos permite ver um ao outro, apenas um ao outro. Ao reencontrar Marine naquele restaurante, depois de dois anos de silêncio e traição, várias coisas me passam pela cabeça, possibilidades de conduta que logo se sucedem na velocidade de uma esfera tipográfica de máquina de escrever elétrica: aproveitar para lhe dar um tabefe, o que quero muito fazer, ou beijá-la com ternura, o que também quero muito fazer; fugir imediatamente ou, ao contrário, ter a força de continuar com calma minha conversa com Hector, como se nada tivesse acontecido. A queda de braço com Marine dura alguns minutos. Da mesa vizinha chegam até mim sinais de colapso. "Você não se sente bem?", pergunta o jovem que, ao que tudo indica, poderia ser meu duplo, um sonhador cinematográfico, um aprendiz de diretor descaradamente enganado pela estrela. Sem resposta, ele recomeça: "Você vai sair de férias em breve?". De repente, num grande gesto, a mesa ao lado é empurrada e, desviando por um segundo os olhos de Hector, que não percebe nada, vejo Marine sair a toda velocidade do restaurante, seguida pelo jovem alarmado que tropeça num degrau, coloca uma nota de duzentos francos na mão do maître, desculpando-se, e se debate com a cortina que protege a porta das correntes de ar. Viro-me para a mesa ao lado, com seus guardanapos amarrotados, sua garrafa de vinho recém-iniciada, eles estavam nos aperitivos, ganhei. Alguns meses depois, à noite, a voz de Marine me arranca vagamente do torpor de meus soníferos, e me diz: "Ressuscitei". Apesar do lorazepam, tenho a presença de espírito de replicar: "Então devemos badalar os sinos?". Ela responde algo afetuoso, do tipo: "Claro que não, Hervé". Eu digo: "Você me fez sofrer tanto". E ela: "Não foi nada comparado ao sofrimento que causei a Richard". Depois dessas palavras alucinatórias, apago. Ao acordar, lembrando-me de que dissera "Um beijo, Marine", tenho a impressão de uma absolvição de além-túmulo. À tarde, um entregador da Dalloyau deixa em minha casa dois sinos de chocolate, um muito grande e um bem pequeno, sem nenhuma mensagem de acompanhamento, a Páscoa acabara de passar. Alguns meses depois, vou almoçar com Henri no Village Voice, chego um pouco adiantado e, sozinho no restaurante, me instalo numa mesa para ler. Henri chega e antes mesmo de conseguir se sentar Marine passa correndo por suas costas, saindo às pressas do fundo do restaurante, onde eu não percebera sua presença, com seus óculos escuros, longos cabelos de boneca Barbie até a cintura, seguida como uma sombra por Richard, os dois num espantoso estado de agitação. Ao vê-los, o sangue se esvai de meu corpo num segundo, de cima a baixo, fico paralisado, lívido, Henri me pergunta preocupado o que aconteceu. A aparição de Marine tem um efeito atroz sobre mim, como se eu tivesse visto um fantasma, um espectro. Em casa, pego a caneta para dizer a Marine que acabo de ver, na verdade, o fantasma do amor que eu sentia por ela, e também o fantasma de nossa amizade de juventude, que ela havia massacrado com seus repetidos caprichos. Assim que termino a carta, o telefone toca, é Jules, que me diz: "Está sabendo o que aconteceu com Marine? Parece que está com leucemia, que perdeu todo o cabelo, que está fazendo uma quimioterapia pesadíssima...". A palavra sangue aparecia várias vezes em minha carta. Eu poderia ver o telefonema de Jules como um sinal do destino para me impedir de enviar a carta, mas meu ressentimento para com Marine é tal que, por pura maldade, desço na mesma hora para postar a carta legitimada pelo boato, seria fácil dizer que recebi o telefonema de Jules logo depois. No dia seguinte, porém, eu me afogava em remorsos, e me consolei enviando a Marine uma segunda carta para tentar apagar a anterior.

44

Os boatos sobre Marine pioraram, e chegam de todos os lados: meu massagista me contou que agora ela está com aids, seu chefe que lhe disse. Um dia, um informante espalha que ela pegou a doença se picando com o irmão, um pequeno junkie, no dia seguinte outra fonte garante que ela foi contaminada durante uma transfusão de sangue, um terceiro rumor atribui a doença a seu ianque de meia-tigela, que é um orgíaco bissexual de primeira etc. A aids de Marine, que, devo confessar, me deixou feliz, não como rumor mas como verdade, e não tanto por sadismo quanto pela fantasia de que estávamos definitivamente ligados por um destino comum, nós que algumas pessoas chamavam de irmão e irmã, acabou chegando aos jornais, a rádio anunciou que ela fora hospitalizada em Marselha, uma matéria da AFP comunicou sua morte aos teletipos de todas as redações. Eu imaginava Marine sem fôlego, acossada, fugindo até Marselha para pegar um barco com destino à Argélia, onde seu pai nascera, e ser enterrada como ele, segundo as leis muçulmanas, dentro de três lençóis direto na terra. Eu via seus longos cabelos artificiais de boneca Barbie. Via seus pulsos enfaixados no hospital americano, onde tinham acabado de lhe fazer uma transfusão. E nunca amei tanto Marine. Ela não demorou, amparada por seu advogado, a participar do jornal das oito horas da noite para acabar com os rumores e afirmar, com provas médicas, que não estava doente, e que ao mesmo tempo ficava consternada de se sentir traindo o grupo dos doentes ao se colocar daquela forma no dos saudáveis. Não vi Marine na televisão naquela noite, tínhamos sido avisados pelos jornais de sua participação e, de antemão, pelo que desmentia, ela me decepcionava profundamente. Bill, que a viu, me disse que ela parecia uma louca, pronta para a internação. O feroz Matou, que não é do tipo de tecer elogios, me disse, ao contrário, que a aparição de Marine no jornal das oito fora para ele o acontecimento televisionado mais intenso de sua vida. Pouco a pouco, eu doente sem que ela soubesse, e ela sem dúvida em boa saúde, à distância, lentamente regenerei meu sentimento por Marine, embora ela participasse de filmes que não os que eu teria gostado de vê-la atuar, e ela, por sua vez, tenho certeza, lesse livros escritos por mim que não os que ela teria gostado que eu escrevesse.

45

Stéphane se atirou de cabeça na associação fundada por ele, encontrando, é preciso dizer, um verdadeiro sentido para sua vida depois da morte de Muzil e, através daquela morte ou para além dela, a maneira de concretizar plenamente suas forças mentais, intelectuais e políticas que, até então, sombreadas e complexadas, vegetavam e definhavam numa ociosidade neurótica somada a intermináveis telefonemas que horrorizavam Muzil, artigos em andamento nunca concluídos, tudo numa confusão indescritível. A aids se tornou a razão de ser de várias pessoas, sua esperança de ascensão social e reconhecimento público, especialmente para médicos que tentaram com isso fugir da rotina de seus consultórios. O doutor Nacier, que portanto se juntara à associação de Stéphane, recrutou seu colega Max, que era um ex-colega meu do jornal, e que Muzil dizia parecer "o interior de uma castanha". O doutor Nacier e Max formavam uma dupla e tanto, o que alguns chamariam de organização criminosa. Creio que Stéphane se apaixonou pelo casal, especialmente pelo interior da castanha. Max e o doutor Nacier se tornaram seus braços direitos. Mas Stéphane martelava o mesmo refrão: "Logo vou passar o comando para vocês, organizei tudo e tenho mais o que fazer, cansei de aparecer na televisão, por favor façam isso por mim...". Na verdade, Stéphane despertava a traição de Max e do doutor Nacier, como os idosos que sentem um prazer doentio em despertar a cupidez de seus herdeiros, acenando-lhes coisas fabulosas, um colar de diamantes ou uma cristaleira excepcional, para no último minuto deixá-los para o massagista ou o lixeiro. Na época, como eu frequentava tanto Stéphane quanto o doutor Nacier, achei engraçado ouvir o primeiro dizer: "Tenho a impressão de que são ambiciosos, e provavelmente vorazes", e o segundo: "Temos dois flagelos a combater: a aids e Stéphane". A única zombaria que David e eu nos permitíamos às costas de Muzil, que sem dúvida teria se deliciado diante de nosso maquiavelismo, era fazer questão de relatar a Stéphane todas as tentativas de destituição e de golpe que Max urdia com o doutor Nacier, que me contava tudo com toda inocência. Stéphane conseguiu organizar uma votação destinada a destituir o ambicioso casal. Max lhe escreveu uma carta fatal em que dizia a Stéphane que ele passava "uma imagem excessivamente homossexual da associação". Alguns meses depois de ter acabado com ele, e ao mesmo tempo ferido de morte pelo interior da castanha, encontrei Stéphane na rua, que me lançou: "Não me diga que Nacier ainda é seu médico, eu ficaria tão triste!". Não confessei o nome de meu novo médico, que também era um de seus acólitos. David me disse que Stéphane provavelmente ficaria desesperado no dia em que encontrassem um remédio para a aids. Reencontrei um antigo amigo, psiquiatra, que trabalhava em sua associação e encontrara uma boa maneira, segundo ele, de falar com os doentes de aids, dizendo-lhes: "Não venham me dizer que vocês não desejaram a morte em algum momento antes da doença! Os fatores psíquicos são determinantes para o desencadeamento da aids. Vocês quiseram a morte, aqui está ela".

46

Nos últimos tempos antes de sua morte, Muzil fizera questão, discretamente, sem ruptura, de se distanciar da criatura que ele amava, a ponto de ter tido o formidável reflexo, a sacada inconsciente de poupar essa criatura, num momento em que quase todo seu próprio ser, seu esperma, sua saliva, suas lágrimas, seu suor, não se sabia direito à época, se tornara altamente contaminante, ouvi isso recentemente de Stéphane, que fez questão de me anunciar, talvez mentindo, que não era soropositivo, que escapara do perigo, embora tivesse se vangloriado, pouco depois de me revelar a natureza da doença de Muzil, ignorada por ele até então, de ter deitado na cama do moribundo no hospital e de tê-lo aquecido com sua boca em diferentes pontos de seu corpo, que era um verdadeiro veneno. Não consegui reproduzir a proeza de Muzil com Jules, ou Jules não conseguiu comigo, e nós dois não conseguimos com Berthe, mas às vezes ainda tenho a esperança de que as crianças tenham sido poupadas, ao menos uma delas.

47

Consultando minha agenda de 1987, eu diria que 21 de dezembro foi o dia em que descobri, embaixo da língua, no espelho do banheiro, onde eu mecanicamente adquirira o hábito de inspecioná-la, baseando meu olhar no do doutor Chandi durante minhas consultas, sem conhecer o teor nem a aparência do que ele buscava, mas convencido por esse exame repetido que ele espreitava o previsível surgimento daquela coisa desconhecida por mim, pequenos filamentos esbranquiçados, papilomas sem volume, estriados como aluviões sobre o tegumento da língua. Meu olhar se turvou na hora, assim como se turvou, por um 1/125 de segundo, revelado e registrado pelo meu como um suspeito perseguido por um detetive, o olhar do doutor Chandi quando lhe mostrei minha língua no dia seguinte, na consulta das manhãs de terça-feira. O doutor Chandi é jovem demais para saber mentir diante do sinal catastrófico como as raposas velhas dos doutores Lévy, Nocourt e Aron, seu olhar não está acostumado a se neutralizar na hora certa, a não piscar para nada, ele mantém em relação à verdade uma transparência de 1/125 de segundo, como o diafragma fotográfico que se abre para absorver a luz antes de se fechar para a maturação de sua conserva. Eu devia almoçar com Eugénie naquele dia, menti a ela por omissão, de repente distante de todo compromisso e amizade, inteiramente solicitado por minha preocupação. Eu tinha passado a noite anterior com Grégoire e, antes da confirmação do doutor Chandi, mentira a mim mesmo, decidindo esperar mais um pouco para ser tomado de formidável repulsa pelo único órgão sensual com que Grégoire às vezes permitia uma troca erótica. E a Jules, ausente de Paris, menti igualmente, num primeiro momento, pelo mesmo reflexo de omissão. O doutor Chandi não proferiu um veredicto, até porque já estava a par da realidade de minha doença pelo herpes-zóster que se desencadeara oito meses antes, quando eu ainda não era seu paciente. Ele apenas me guiou, com a maior suavidade possível, deixando-me livre, como dissera Muzil, para o conhecimento ou para a ilusão, a um novo patamar da consciência de minha doença. Em pequeníssimas pinceladas muito sutis, sondando-me com olhos que de repente deveriam frear ou recuar diante do pestanejar dos meus, ele me questionava sobre esses graus de consciência e inconsciência, movendo alguns milésimos de milímetros o oscilômetro de minha angústia. Ele dizia: "Não, eu não disse que era um sinal decisivo, mas estaria mentindo se escondesse que é um sinal estatístico". Quinze minutos depois, quando eu lhe perguntava em pânico: "Então é um sinal absolutamente decisivo?", ele respondia: "Não, eu não diria isso, mas é um sinal determinante". Ele me prescreveu um líquido amarelo, gorduroso e repugnante, Fongylone, no qual eu deveria marinar a língua à noite e de manhã por vinte dias, levei para Roma uma dezena de frascos que primeiro escondi em minha bagagem, depois atrás de outros produtos nas prateleiras do armário do banheiro e nas prateleiras da cozinha, onde eu portanto me escondia de manhã e de noite, humilhado e quase nauseado, para ingerir o produto sem o conhecimento de Jules e Berthe, que tinham vindo a meu encontro em Roma. Vivíamos juntos, Jules e Berthe dormiam na grande cama do mezanino, eu na pequena cama do andar de baixo. No dia de Natal, eu avisara Jules por telefone sobre o que estava acontecendo comigo e, fatalmente, conosco, decidimos não contar nada a Berthe para não estragar suas férias. Jules, como se nada fosse, fazia planos mirabolantes, e incluía Berthe, que ignorava o motivo, em seus devaneios: devíamos morar no campo nos próximos anos e Berthe devia pedir para ser afastada de seu cargo na Educação Nacional, ao menos por um ano sabático, insinuando com isso que não devíamos desperdiçar os anos agora contados que nos restavam para viver. De minha parte, eu escrevia meu livro condenado, e nele relatava justamente a época de nossa juventude, em que tínhamos nos conhecido, Jules, Berthe e eu, e nos amado. Eu começara a escrever um elogio de Berthe, nos mesmos termos que Muzil, antes de morrer, pensara de verdade ou de brincadeira escrever a meu respeito, e todos os dias eu tremia de medo de que Berthe espiasse o manuscrito que eu, em confiança, deixava em cima da mesa.

48

No dia 31 de dezembro de 1987, à meia-noite, Berthe, Jules e eu, no bar do L'Alibi, nos beijamos olhando nos olhos uns dos outros. É estranho desejar um feliz ano-novo a alguém que sabemos correr o risco de não vivê-lo até o fim, não existe situação-limite pior do que essa, para lidar com ela é preciso uma coragem reduzida à naturalidade, a franqueza ambígua do que não é dito, uma cumplicidade nas segundas intenções, arrematada por um sorriso, conjurada numa gargalhada, nesse instante, o voto de ano-novo vibra com uma solenidade decisiva, mas mais leve. Eu passara o réveillon anterior numa aldeia da ilha de Elba, na companhia de um pároco, que sabíamos condenado por um câncer linfático, um linfoma que o doutor Nacier me afirmou sem rodeios ter sido um caso de aids tratada inadequadamente com raios X, seja para salvar a honra do pároco, fazendo sua aids se passar por um câncer, apesar dos riscos físicos, seja por imperícia do sistema hospitalar italiano. O pároco tinha voltado de um longo e penosíssimo tratamento em Florença para rezar a missa uma última vez em sua aldeia. Eu não o via fazia alguns meses, estava acompanhado do jovem rapaz chamado Poeta, que nos deixava, Gustave e eu, atordoados com suas alternâncias histéricas entre silêncios e gargalhadas incontroláveis. Na noite de réveillon, Gustave fez questão de assistir à última missa do pároco, pois contava levá-lo para casa de carro, prevendo que ele não teria forças para subir os vários degraus e as ruelas íngremes que levavam ao "*buccino*", literalmente o olho do cu da aldeia, sua parte mais pobre também, onde morávamos. O Poeta estava atirado no sofá da sala, reproduzindo de maneira fortuita ou inconsciente a pose um tanto lasciva do modelo de um quadro do século XIX que se encontra no Museu de Belas-Artes de Bruxelas e do qual o doutor Nacier nos trouxe uma reprodução em preto e branco, dentro da moldura de uma antiga prensa de contato para fotografia, pousada naquela noite sobre uma mesinha ao lado do sofá, junto com uma edição francesa do *Inferno* de Dante. Essa coincidência me deu a ideia de encenar um simulacro, de gosto um tanto duvidoso, segundo Gustave, considerando o estado do pároco: quando entrasse na casa, ele surpreenderia o Poeta do jeito que veio ao mundo, imitando ponto por ponto a pose do modelo. Nenhum de nós faria a menor alusão à nudez do Poeta, que participaria do encontro o mais naturalmente possível, e essa ideia disparatada o encantou. Eu tinha a secreta intenção, com isso, de fazer uma oferenda sublime ao pároco, que não conseguira nos esconder sua atração por jovens rapazes por muito tempo. Fisicamente, o Poeta representava uma curiosa mistura, uma mistura quase diabólica de vários tipos de fantasias: tinha o rosto de um garotinho, o torso de um adolescente e o volumoso sexo de um camponês. Gustave pegou o carro para descer à aldeia e chegar à igreja, onde o que viu o deixou apavorado: o pároco não conseguia nem levantar o cibório, os meninos do coro precisavam segurá-lo abaixo de suas mãos. Gustave entendeu na mesma hora que nossa brincadeira era na verdade de péssimo gosto, e saiu da igreja em busca de uma cabine telefônica para nos pedir para suspendê-la. Enquanto isso, o Poeta, deitado sem roupa no sofá, tinha sobressaltos de riso descontrolado que eletrizavam seu corpo em convulsões, estava com vontade de mijar e eu o impedi, colocando seu sexo na boca para aliviá-lo. As cabines telefônicas não funcionavam ou não estavam livres, e Gustave percebeu que não tinha fichas quando se viu na única cabine em funcionamento, a mercearia onde as comprávamos estava fechada e ele precisava voltar à igreja. Quando o pároco abriu a porta da casa, ele viu no alto da escada, no ponto exato de seu primeiro olhar, enquadrado pelos batentes da porta, o Poeta sentado sem roupa no sofá, do qual se levantou para apertar sua mão, com cortesia, um tanto friamente. Eu espreitava as reações do pároco, que pela primeira vez em toda sua carreira eclesiástica tinha uma verdadeira visão: ele ficou deslumbrado, ao mesmo tempo mortificado e vivificado por seu deslumbramento, pronto para se prostrar. Para recuperar a compostura, pegou da mesinha o exemplar do *Inferno* de Dante, em cuja capa estava desenhada a queda livre de anjos traidores e caídos, e pronunciou a seguinte frase: "O diabo não existe, é uma simples invenção dos homens". Ele nos convidou a acompanhá-lo até o presbitério para celebrarmos a data com champanhe e trocarmos votos de ano-novo. Sua velha mãezinha toda enrugada, que lhe servia de governanta e ele chamava de sua cruz, nos trouxe o "panetone", o pão ritual. Nós nos desejamos feliz ano-novo, os olhos do pároco estavam cheios de reconhecimento para comigo, e eu me senti envergonhado. Ele preparara rojões e fogos de artifício, que detonamos correndo em torno da igreja, mergulhando a praça numa nuvem cinza e incandescente, pesada e parada, de pólvora.

49

De volta a Paris, precisei reconhecer que o tratamento com Fongylone, que eu seguira sem interrupção por vinte e um humilhantes dias, escondendo-me no banheiro para, sem o conhecimento dos outros, marinar minha língua naquela poção amarelada e gordurosa que manchava tudo e me dava náuseas em jejum, não conseguira me livrar dos papilomas brancos na língua, que comecei a odiar enquanto instrumento sensual, embora o doutor Chandi tivesse me dito que aquele fungo de modo nenhum podia ser transmitido por algum contato erótico, e ele me prescreveu outro produto, o Daktarin, branco, quase granuloso, que deixava a boca empastada com uma cola de gosto metálico e que também não conseguiu, apesar de outros vinte e um dias de tratamento, tirar aquele fungo de minha língua, à qual desisti de atribuir um papel sensual, limitando ainda mais as raras relações físicas que eu continuava mantendo com duas pessoas, uma das quais estava a par de tudo e a outra não. Jules e eu tínhamos finalmente decidido fazer o famoso teste de soropositividade, para o qual eu acumulara nos últimos anos inúmeras prescrições do doutor Nacier, sem nunca me decidir a fazê-lo. No mês de janeiro de 1988, Jules estava convencido, ou precisava se convencer, de que nós dois éramos soronegativos e de que aquele doutor Chandi era um doido varrido que, por incompetência, preocupava seus pacientes sem razão. Era por isso que ele queria que fizéssemos, principalmente eu, com meu temperamento, o teste: para me tranquilizar. Da mesma forma, David, que nunca quisera acreditar em meus males, me disse zombeteiro que eu ficaria bastante chateado de ter que aceitar ser soronegativo, dadas minhas miseráveis experiências sexuais, e que eu seria obrigado então a me suicidar, por desespero de não ser soropositivo. O doutor Chandi, consultado por mim ao telefone a respeito dessa decisão, fez questão de nos ver antes de fazermos o teste. Foi um encontro decisivo, se não determinante! Essas duas palavras vieram à tona, o doutor Chandi precisou utilizá-las devido à atitude de Jules, que acolhia com agressividade a iminência de uma verdade que no fim das contas nos projetaria em outro mundo e, por assim dizer, em outra vida. O doutor Chandi entendeu que podia se poupar de uma exposição sobre os únicos meios de proteção que poderiam deter a epidemia, nós os usávamos um com o outro e um sem o outro, havia anos. Ele preferiu passar em revista todas as possibilidades: um é soropositivo e o outro soronegativo, os dois são soropositivos, e como reagir diante desses casos, pois seria enganoso nos fazer acreditar que não eram limitados. Mencionamos o problema do anonimato, que parecia absolutamente necessário a nós dois, tanto em nossas relações profissionais quanto pessoais. Na Baviera e na União Soviética, falava-se de testes de rotina obrigatórios, nas fronteiras e para os grupos "de risco" da população, também aprovados pelo conselheiro médico de Le Pen. Eu disse ao doutor Chandi que, em virtude de minhas incessantes idas e vindas entre a Itália e a França, eu precisava acima de tudo preservar minha liberdade de cruzar a fronteira. Ele nos aconselhou a fazer o teste anônimo e gratuito oferecido pela Médicos do Mundo, todas as manhãs de sábado, perto da estátua de Joana d'Arc que fica no Boulevard Saint-Marcel, na esquina de uma ruela, a Rue du Jura, diante da qual, meses mais tarde, no trajeto do ônibus 91, que eu pegava para jantar com David, eu não conseguiria passar sem sentir um terrível calafrio. Na manhã de sábado de janeiro em que Jules e eu fomos fazer o teste, ficamos na fila junto com uma grande quantidade de africanos e africanas, um público muito variado, de todas as idades, prostitutas, homossexuais e pessoas atípicas. A fila de espera se estendia pela calçada até o Boulevard Saint-Marcel, pois também reunia os que vinham buscar os resultados da semana anterior. Entre eles, vimos um jovem rapaz, depois de nossas coletas de sangue, que para meu grande espanto tinham sido feitas sem luvas ou precauções especiais, que saiu de lá totalmente desamparado, como se a terra tivesse literalmente se aberto sob seus pés naquela calçada do Boulevard Saint-Marcel e o mundo tivesse oscilado num flash a seu redor, sem saber para onde ir ou o que fazer da vida, as pernas travadas pela notícia estampada em seu rosto subitamente erguido para o céu, de onde não vinha nenhuma resposta. Para Jules e para mim, aquela foi uma visão assustadora, que nos projetava para dali uma semana e ao mesmo tempo nos aliviava no que ela tinha de mais insuportável, como se vivêssemos naquele momento, antecipadamente, por procuração, o exorcismo espontâneo daquele pobre coitado. Prevendo que nossos resultados seriam ruins, e querendo apressar o processo devido à data de meu retorno a Roma, o doutor Chandi nos enviara ao Instituto Alfred Fournier para fazermos exames de sangue complementares ao teste, específicos ao avanço do vírus HIV no corpo. Nesse instituto, renomado na época da sífilis, usavam-se luvas de borracha nas coletas de sangue e nos pediam para jogarmos pessoalmente no lixo o algodão manchado de sangue que apertávamos na dobra do braço. Jules, que se comprometera a fazer junto comigo os mesmos exames, precisou adiá-los, furioso, porque não seguira a recomendação de fazer jejum. Ele esperou por mim. A enfermeira me perguntou, lendo minha requisição: "Faz quanto tempo que você sabe ser soropositivo?". Fiquei tão chocado que fui incapaz de responder. Os resultados do exame deviam ficar prontos em dez dias, antes do resultado do teste, naquele exato intervalo de incerteza ou fingida incerteza, e como eu não podia recebê-los em casa, de onde o correio era automaticamente reenviado para Roma, passei o endereço de Jules como sendo o meu, e ele guardou meus exames, depois de escrutiná-los e interpretá-los, até a manhã do resultado do teste. Foi no táxi em que passei para buscá-lo em sua casa, e que nos levou para a Rue du Jura no laboratório da Médicos do Mundo, que ele me anunciou que os exames estavam ruins, que já se percebia o sinal fatal mesmo sem o resultado do teste. Naquele momento entendi que uma tragédia se abatera sobre nós, que começávamos uma ativa era de desgraças, da qual não teríamos condições de sair. Eu era como aquele pobre-diabo abatido por seu resultado, aparentemente de pé mas estatelado naquele pedaço de calçada que não parava de se abrir a seu redor. Senti uma imensa pena de nós mesmos. O que mais me dava medo era que eu sabia que, apesar de tudo o que ele dizia para me preparar para a sentença, Jules ainda tinha esperança de que nossos testes, ou talvez o seu, se revelassem negativos. Cada um de nós tinha no bolso um cartão com um número, ao qual nos recusáramos a atribuir, por toda a semana, qualquer superstição boa ou ruim. Um médico abriria o envelope com aquele número, no qual estava inscrito o veredicto, e estaria encarregado de informá-lo usando certas receitas psicológicas. Uma pesquisa publicada por um jornal nos informou que cerca de 10% das pessoas que faziam o teste naquele centro eram soropositivas, mas que esse número não era sintomático para o conjunto da população, visto que aquele centro visava justamente as ditas franjas de risco. Senti antipatia pelo médico que anunciou meu resultado e recebi com frieza a notícia, para me livrar o mais rápido possível daquele homem que fazia seu trabalho mecanicamente, trinta segundos e um sorriso e um folheto para os soronegativos, de cinco a quinze minutos de conversa "personalizada" para os soropositivos, indagava sobre minha solidão, me enchia de propagandas da nova associação do doutor Nacier e me aconselhava, para amortecer o choque, a voltar dali uma semana, para fazer um contrateste que talvez, havia uma chance sobre cem, ele dizia, refutasse o primeiro. Ignoro o que aconteceu na saleta onde Jules entrou, e na verdade não quis saber, mas saí da minha e vi que a presença de Jules em sua saleta, cuja porta eu olhava fixamente e que se abriu e fechou várias vezes com movimentações apressadas, causava uma grande agitação no centro, que a recepcionista chamava um segundo médico e depois uma assistente social. Acho que Jules, aparentemente tão forte, desmaiou ao ouvir um estranho dizer o que ele já sabia, aquela certeza, tornando-se oficial, ainda que anônima, se tornara intolerável. Aquilo sem dúvida era o mais difícil de suportar na nova era de desgraças que nos estendia os braços: sentir seu amigo, seu irmão, totalmente desarmado pelo que lhe acontecia, era fisicamente revoltante. Acompanhei Jules à pirotécnica Ruggieri, no Boulevard du Montparnasse, onde ele queria comprar serpentinas e rojões para os filhos, para o carnaval.

50

No espaço de uma semana, as coisas tiveram tempo de mudar profundamente, pois ao sair pela primeira vez do laboratório da Rue du Jura, onde Jules e eu acabáramos de fazer o teste, eu fora levado à franqueza de um pensamento inconfessável: eu sentia uma espécie de júbilo pelo sofrimento e pela dificuldade de nossa experiência, mas não podia compartilhar aquilo com Jules, seria obsceno querer torturá-lo com aquele tipo de cumplicidade. Desde que tenho doze anos, e desde que ela me aterroriza, a morte é uma mania. Eu ignorava sua existência até um colega de classe, o pequeno Bonnecarère, me dizer para ir ao cinema Styx, onde à época nos sentávamos em caixões, para ver *Obsessão macabra*, um filme de Roger Corman inspirado num conto de Edgar Allan Poe. A descoberta da morte por intermédio daquela visão aterrorizante de um homem gritando de impotência dentro de seu caixão se tornou uma insistente fonte de pesadelos. Depois disso, busquei os mais espetaculares atributos da morte, suplicando a meu pai que me desse o crânio que acompanhara seus estudos de medicina, hipnotizando-me com filmes de terror e começando a escrever, sob o pseudônimo de Hector Lenoir, um conto sobre os suplícios de um fantasma acorrentado nas masmorras do castelo de Hohenzollern, inebriando-me com as leituras macabras das histórias selecionadas por Hitchcock, vagando por cemitérios e estreando minha primeira máquina fotográfica com imagens de túmulos infantis, viajando até Palermo só para contemplar as múmias dos capuchinhos, colecionando aves de rapina empalhadas como Anthony Perkins em *Psicose*.

A morte me parecia terrivelmente bela, deslumbrantemente atroz, mas depois enjoei desse bricabraque, guardei o crânio do estudante de medicina, fugi dos cemitérios como da peste, passei a outro estágio de amor pela morte, impregnado dela no mais fundo de mim mesmo, eu não precisava mais de sua beleza externa, mas de uma intimidade maior com ela, continuei buscando incansavelmente a sensação mais preciosa e mais odiosa de todas, temê-la e cobiçá-la.

51

Na semana que se seguiu à confirmação de minha soropositividade e à leitura pelo doutor Chandi dos exames de sangue, que não eram de fato alarmantes, mas revelavam uma deterioração pelo vírus HIV de minhas contagens globulares, mais especificamente linfocitárias, fiz as coisas com urgência, e de maneira muito organizada: concluí a revisão de um manuscrito que estava em andamento havia meses e o levei ao editor depois de pedir para David revisá-lo, liguei para vários conhecidos mais ou menos perdidos de vista que senti a súbita necessidade de rever, guardei os cinco cadernos do diário que mantenho desde 1978 no cofre de Jules, dei uma luminária e um manuscrito de presente às pessoas a quem pensara deixá-los em testamento, encerrei no banco, no dia 27 de janeiro, um plano de poupança-moradia que se tornava aberrante e me informei sobre a possibilidade de uma conta conjunta com Jules ou Berthe, consultei, no dia 28 de janeiro, o conselheiro jurídico de minha editora a respeito dos direitos de sucessão e de exercício do direito autoral que eu contava deixar a David, falei no dia 29 de janeiro com um fiscal da receita para esclarecer minha situação fiscal, voltei a jantar, pela primeira vez em muito tempo, no dia 31, com Stéphane, que se tornara especialista no assunto e me passou notícias alarmantes e patéticas sobre os doentes de aids, e na manhã seguinte voltei a ver, também pela primeira vez em muito tempo, o doutor Nacier, o outro especialista em aids, antagonista de Stéphane, e aproveitei um almoço, durante o qual tentei falar sem abrir a boca com medo de que ele detectasse a leucoplasia obviamente invisível porque embaixo da língua, talvez com o desejo inconsciente de deixá-lo com a pulga atrás da orelha, para lhe arrancar, gota a gota, as informações mais ignóbeis sobre as condições de morte dos doentes de aids. Nesse ínterim, eu voltara a consultar o doutor Chandi, a quem confessei minha vontade expressa de morrer "ao abrigo do olhar de meus pais", e diante do qual, evocando o coma de Fichart, amigo de Bill, repeti as palavras do único testamento manuscrito de Muzil: "a morte, não a invalidez". Nada de coma prolongado, demência, cegueira, mas supressão pura e simples no momento adequado. O doutor Chandi se recusou a tomar nota de qualquer coisa definitiva, limitando-se a indicar que a relação com a doença mudava o tempo todo em cada indivíduo, ao longo da doença, e que ninguém podia prever transformações vitais de sua vontade.

52

Jules, por sua vez, viveu muito mal a transição entre a zona imprecisa e lenitiva de semi-inconsciência e o período de plena consciência que lhe sucedeu brutalmente. Ele se revoltava, não contra o destino mas contra o agente que, acreditava ele, o obrigara a se projetar naquela inútil lucidez, o doutor Chandi, que ele se recusava a consultar para a interpretação de seus exames, dos quais zombava, e que nunca deixava de xingar de todos os nomes, enquanto eu só tinha elogios para ele. Quando eu saía revigorado de uma visita ao doutor Chandi, Jules sentia um estranho prazer de me dizer: "Claro, depois de deixá-lo afundar em angústias, ele só podia tranquilizá-lo". Quando o doutor Chandi, ao contrário, me preocupava a respeito deste ou daquele sintoma, que eu imediatamente atribuía ao vírus mortal, Jules ironizava: "De todo modo, aquela doida bigoduda está completamente fora da casinha!". O doutor Chandi percebera aquele desprezo venenoso, e quando insisti para que visse Jules, ele disse: "Você sabe que existem outros médicos especialistas nessa doença, não sou o único disponível em Paris". Eu disse ao doutor Chandi que precisávamos superar o lado ácido de Jules para ver o rapaz encantador que ele era, a palavra ácido, que preferi a espinhoso, fez o doutor Chandi sorrir. Fui ajudado em minhas tentativas de reaproximação de Jules e Chandi por uma circunstância. Eu falava com Jules ao telefone várias vezes por dia, e numa noite de aflição hesitei em ligar para ele para não azedar seu ânimo, mas ele me ligou para dizer que estava obcecado pelo que agora sabia, ao desligar fiquei com vontade de chorar, as lágrimas não saíam e engoli meu sonífero. Jules tomara uma decisão categórica sobre suas atividades profissionais para preservar o tempo que podia dedicar aos filhos, e relia pela décima vez cada um dos parágrafos da apólice de seguro de vida que fizera exatos seis anos antes, o tempo de incubação do vírus. Na manhã seguinte àquela noite de aflição em que as lágrimas me recusaram sua doçura, Jules me disse ao telefone que havia pensado bem e que pedir para Berthe fazer o teste seria um suicídio, que era preciso por todos os meios que ele e eu a impedíssemos de fazer aquele teste; aludindo ao destino terrivelmente marcado dos dois filhos, de Berthe, dele e meu, apelidou-nos de Clube dos Cinco. Dois dias depois fui jantar na casa deles, Berthe estava adoentada na cama, com um livro e um pouco de febre, subi para vê-la e ela sorriu para mim com muita ternura: um sabia que o outro sabia, mas não dissemos nada. Fazia muito tempo que Berthe era a pessoa que eu mais admirava no mundo. No domingo de manhã sua febre aumentou e era impossível encontrar um médico, Jules me ligou em pânico, procurei no guia o número do telefone pessoal do doutor Chandi, escolhendo o bairro por um elemento que ele mencionara em nossas conversas privadas. Eu, que me sentira tão esgotado e impotente nos últimos dias, era inflamado pela doença do outro, um caso clássico: recuperei uma valentia capaz de prestar socorro. O doutor Chandi chegou à casa da família em menos de uma hora, o que dissipou o rancor que Jules sentia por ele. Na verdade, Berthe, que as circunstâncias levavam à beira do pavor, estava com uma simples gripe. Tornara-se difícil, para Jules e para mim, treparmos um com o outro, claro que não havia nenhum risco além da recontaminação recíproca, mas o vírus se erguia entre nossos corpos como um espectro que os repelia. Embora eu sempre tivesse achado o corpo de Jules esplêndido e potente quando ele se despia, pensei comigo mesmo que ele estava descarnado, e que não estava longe de me dar pena. Por outro lado, o vírus, que adquirira uma consistência quase corpórea ao se tornar uma coisa atestada e não mais receada, intensificara em Berthe, contra sua vontade, um processo de repulsa pelo corpo de Jules. E nós dois sabíamos que Jules, por sua constituição mental, não conseguia viver e não conseguiria sobreviver sem despertar atração por seu corpo. O desinteresse erótico, provocado pelo vírus como um de seus efeitos secundários, seria para ele, ao menos num primeiro momento, mais fatal que o próprio vírus, ele o descarnaria moralmente, de maneira mais grave do que fisicamente. De aparência tão sólida de todos os pontos de vista, Jules tapava os olhos no cinema na iminência de crueldades, como uma mulher ou uma criança sensível demais. Naquele dia, ele passaria no oftalmologista, que ficava perto de minha casa, e como estava um pouco adiantado, comecei a desenferrujar nossa mecânica de foda colando meu corpo em suas costas e levantando seu blusão em busca de seus mamilos, para mortificá-los, para machucá-lo o máximo possível, arranhando-os com minhas unhas até sangrar, até ele se virar e se agachar a meus pés gemendo. Mas a hora de sua consulta chegara. Quando voltou do oftalmologista, Jules me disse que não estava com conjuntivite, mas com um véu branco sobre a córnea, que devia ser uma manifestação da aids, ele estava com medo de perder a visão e eu, diante de seu pânico, sem refreá-lo de nenhuma maneira, quase me desintegrei ali mesmo. Voltei a atacar seus mamilos e ele, rapidamente, mecanicamente, se ajoelhou na minha frente, com as mãos imaginariamente amarradas às costas, para esfregar os lábios em minha braguilha, suplicando-me com seus gemidos e grunhidos que eu lhe desse minha carne mais uma vez, para aliviar a mortificação que eu lhe impunha. Escrever isso hoje, tão longe dele, volta a endurecer meu sexo, desativado e inerte há semanas. Aquele ensaio de foda me pareceu, na hora, de uma tristeza intolerável, eu tinha a impressão de que Jules e eu estávamos perdidos entre nossas vidas e nossa morte, que o ponto que nos situava naquele momento, em geral e por necessidade bastante nebuloso, se tornara atrozmente nítido, e que sintetizávamos, com aquele encaixe físico, o quadro macabro de dois esqueletos sodomitas. Cravado no fundo de meu rabo, na carne que envolvia o osso da bacia, Jules me fez gozar olhando-me nos olhos. Foi um olhar insuportável, sublime demais, dilacerante demais, eterno e ao mesmo tempo ameaçado pela eternidade. Bloqueei meu soluço na garganta fazendo-o parecer um suspiro de alívio.

53

O doutor Chandi, para preparar o que ele havia programado com o teste e o exame de sangue detalhado, chamou a minha atenção para a descoberta de uma molécula que conteria a progressiva dizimação dos linfócitos, que garantiam as defesas imunológicas, pelo vírus HIV. Agora que a verdade estava bem estabelecida e reduzíramos ao máximo sua capacidade de atrito, o doutor Chandi me sugeriu participar de um grupo de teste para uma substância chamada Defenthiol, que fora testada de forma imperfeita nos Estados Unidos e tivera suas bases estatísticas incorretamente estabelecidas na França, atrasando com isso, de seis meses a um ano, o momento em que se poderia afirmar sua eficácia ou sua inutilidade. O doutor Chandi, fingindo examinar minha ficha médica, disse: "O herpes-zóster, esse fungo e sua contagem de T4 o habilitariam a participar da pesquisa". Então o doutor Chandi me explicou os princípios do estudo duplo-cego, que eu desconhecia, e que obviamente me interessaram: para conduzir um experimento do tipo, era preciso administrar o remédio correto a um grupo, a outro, o remédio fictício, o duplo-cego, numa igual proporção de doentes com o mesmo perfil, de maneira que uns e outros, sem saber a que grupo pertenciam, aceitavam participar por sorteio, até que, após eventuais perdas nos dois grupos, a venda do duplo-cego fosse retirada. Na hora, o sistema me pareceu abominável, uma verdadeira tortura, para uns e outros. Hoje, quando a iminência da morte se aproximou muito de mim, ainda que eu continue um suicida em potencial, talvez por isso mesmo, aliás, acho que mergulharia de cabeça no pântano duplo-cego e chafurdaria em seu perigo. Perguntei ao doutor Chandi: "O senhor me aconselha participar dessa pesquisa?". Ele respondeu: "Não o aconselho a nada, mas posso lhe garantir que, pessoalmente, tenho quase certeza, e falo apenas por mim, de que os efeitos desse medicamento em todo caso são inofensivos". Recusei-me a tomá-lo, ele ou seu duplo vazio. Teríamos encerrado ali o capítulo do Defenthiol se, meses mais tarde, durante um almoço, o doutor Chandi não tivesse me confessado que, na época em que o propusera, ele já tinha certeza de que aquele remédio seria tão inútil quanto seu duplo. Mas os laboratórios que o produziam, competindo com outros laboratórios e não tendo criado algo eficaz, retardavam o veredicto do experimento, e subornavam cientistas para pareceres mais favoráveis que impedissem que o produto fosse retirado do mercado. De minha parte, quando eu ainda hesitava em tomar ou não esse remédio ou seu substituto vazio, ouvi de Stéphane, que eu consultava a respeito daquilo como se por acaso, fingindo confundir, por indiferença, o Defenthiol com o AZT, que o princípio do duplo-cego fazia os que se submetiam a ele perderem a cabeça: eles raramente aguentavam mais de uma semana e, completamente sem forças, corriam até um laboratório para encomendar a análise da substância que recebiam, precisando saber a todo custo se era verdadeira ou falsa.

54

Começavam a aparecer nos jornais casos de indivíduos que, por meio dos tribunais, tentavam extorquir dinheiro de prostitutas ou de parceiros ocasionais, que os teriam contaminado com total conhecimento de causa. As autoridades bávaras recomendavam tatuar um sinal azul nas nádegas das pessoas infectadas. Eu me preocupara porque a mãe do Poeta, pressupondo que tivéramos relações físicas, exigira que o filho se submetesse ao teste de aids muito antes de eu fazer o meu. Eu sempre tomara precauções com o Poeta, mesmo quando ele me suplicara para tratá-lo como uma cadela e eu o entregara a Jules, usando Jules como o dildo que eu não quisera ser. Logo antes do orgasmo, eu sentira um estranhíssimo suor emanar de nossos três corpos imbricados, era o mais voluptuoso dos cheiros, e o mais vertiginoso também: perguntei-me se não teríamos nos tornado, Jules e eu, um casal de assassinos selvagens, impiedosos e sem lei. Mas não, eu tomara o cuidado de colocar um novo preservativo em Jules antes de cada penetração no jovem deflorado, e me segurara para não gozar na boca do Poeta, pois chupar um pau era aparentemente o que mais excitava aquele pequeno hétero que choramingava porque as garotas não o chupavam, por substituição ou por projeção invertida ele queria ser tratado como uma vagabunda. O que me preocupava na exigência de sua mãe era o fato de eu saber, pelo que ele contava, que o Poeta se oferecia a qualquer um, se deixava enrabar por velhos asquerosos que o pegavam na estrada quando ele pedia carona entre Marselha e Avignon. Eu temia uma grande injustiça porque, aos olhos da mãe, eu era o único amante identificável, portanto o provável assassino. O Poeta acabou me escrevendo: "Segundo os exames, não tenho aids". Isso era dito como um lamento por aquele jovem rapaz que só pensava em suicídio, ou glória.

55

No momento em que escrevo estas linhas, ainda pensionista dessa academia, dessa cidadela da desgraça onde as crianças não param de nascer anormais e os bibliotecários neurastênicos de se enforcar na escada dos fundos, onde os pintores são antigos loucos reciclados que ensinavam pintura aos loucos dos hospícios, e onde os escritores, subitamente desprovidos de personalidade, começam a parodiar os que os precederam, escreveu Thomas Bernhard por pura diversão, para aliviar um pouco o registro da progressão de sua doença, tão inelutável quanto a progressão destrutiva no sangue e nas células do vírus HIV, uma mulher de pensionista cujo marido abandonou com os dois filhos perdeu a cabeça, primeiro atribuindo sorrateiramente a nós a responsabilidade por seu bebê, nós os colegas pensionistas de seu marido a quem ela se recusava a dar bom-dia, depois, indo ainda mais longe, nos perseguindo com telefonemas incessantes e toques de campainha nas horas mais indevidas, chegando a gritar de terror uma noite inteira diante da aproximação dos monstros que éramos, pois tínhamos sequestrado seu marido a fim de violentar seus filhos, essa pobre Josiane é completamente pirada, mas com suas crises de demência por fim consegue atrair atenção para si, sempre a consideramos uma bruaca que só servia para parir e amamentar, e justamente se revela incapaz de dar mamadeira direito e suja todo o rosto de seu recém-nascido, que também grita de terror assim que ela se aproxima, mas sorri para nós, os violadores de bebês, que tememos vê-lo voar por uma janela, e eu que nunca me aventuro por aquela parte do jardim, essa manhã fui até sua janela, como que levado a contragosto por meus passos à maior concentração de infelicidade do mundo, e olhei furtivamente para a sacada aberta ao sol, com a colcha para arejar, temendo ver o rosto da louca e receber o bebê na cabeça, e ao mesmo tempo esperando que aquilo acontecesse, porque eu o imaginara, para me deixar enganar, como os outros, pelo sofrimento da mãe que descobrimos ser uma pintora e que agora rabisca suas paredes de batom com o nome de um dos pensionistas, por quem ela tem uma fixação, porque ele era o único amigo de seu marido, e agora nós, os pensionistas, que nunca nos dirigimos a palavra e inclusive fugimos uns dos outros quando nos cruzamos nas alamedas, nos vemos ligados pelo sofrimento dessa mulher, com a hipócrita preocupação de protegê-la, mas na verdade com a feroz vontade coletiva de levar essa mulher aos limites de seu sofrimento, para que nossa academia obsoleta finalmente encontre uma razão de ser, um motivo de vida e movimento, uma vocação, no sofrimento dessa mulher, eis que nossa moribunda academia se tornou uma fervilhante fábrica de sofrimento.

56

Voltei para Roma, deixando em Paris o segredo de minha doença. Mas abri uma exceção para Matou, de tanto ser incomodado sobre a causa de meu entristecimento. Não havia um dia em que ele não voltasse à carga: "Mas o que você tem, Hervelino? Está todo estranho... Você mudou... Algo o preocupa? Gosto muito de você, é normal que me preocupe...". Primeiro fingi não entender o sentido de suas perguntas, depois mandei-o pastar, mas ele não desistiu. Por fim, quando ficamos a sós, deixei a verdade escapar, disse-lhe que estava realmente preocupado com minha saúde e, sem exigir alguma informação mais precisa, ele não me fez mais nenhuma pergunta. Mas a confissão envolvia uma coisa atroz: dizer que estava doente só fazia a doença se tornar mais presente, ela de repente se tornava real, sem volta, e parecia tirar sua potência e suas forças destrutivas do crédito que recebia. Além disso, era um primeiro passo na separação que conduziria ao luto. Na mesma noite, Matou bateu em minha porta para me oferecer o objeto que eu procurava havia semanas, uma luminária estelar, ele a encontrara num piscar de olhos, como um mágico, aquela era sua maneira de me dizer que a lâmpada na forma de estrela, apesar de minhas preocupações, ainda me iluminaria por um bom tempo. E fomos dançar juntos, até o fim de nossas forças, para mostrar a nós mesmos que ainda tínhamos fôlego e estávamos vivos. Mas eu também me preocupava com Matou, pois antes de se tornar meu grande amigo ele fora meu amante, cinco anos antes, num período que devia coincidir com o da contaminação, ou segui-lo ou precedê-lo por pouco.

Sua namorada não parava de tossir, estava sempre doente, e além disso esperava um bebê. Com toda delicadeza, declarei a Matou que por causa da situação, a gestação de três meses da criança, eu o aconselhava a fazer o teste, sem contar à namorada para não preocupá-la. Mergulhei Matou num estado de angústia abominável, que ele foi obrigado a esconder no mais fundo de si mesmo ao voltar para seu país, questionando-se sem descanso durante suas insônias, olhando fixamente para as folhas do freixo que farfalhava à sombra da janela, sobre a necessidade de fazer o teste, torturado por sua hesitação, decidindo fazê-lo, depois desistindo. Na manhã de sua partida, completamente acabado, ele foi estender seu braço nu à agulha, como se, emaranhado nos espinhos de uma trilha intransponível, decidisse pular de um muro alto demais, e levou em troca seu número de loteria, que entregou a uma pessoa na qual tinha total confiança. Matou voltara a Roma, caminhávamos juntos no jardim, sua namorada um pouco à frente com outro conhecido, naquela noite ele usava gabardine azul e chapéu, fazia dias, desde seu retorno, que estava abatido, apagado e agressivo, e me cochichou: "Pronto, fiz o teste...". Perguntei-lhe, com avidez: "E então?". Foi um momento difícil, em que era possível pensar que um tinha dúvidas sobre a verdadeira transparência do coração do outro. Matou tinha acabado de receber o telefonema daquele amigo que se passara por ele com seu número. "E então tudo certo...", disse Matou, sem nenhuma emoção. Eu sorri e fiquei, é estranho dizer?, profunda e sinceramente aliviado.

57

Desde que tive certeza da presença dentro de meu corpo do vírus HIV que se escondia em algum ponto, ignorava-se qual, do sistema linfático, do sistema nervoso ou do cérebro, limpando as armas, preso à bomba-relógio que marcava sua explosão para dentro de seis anos, sem falar no fungo embaixo da língua, que se tornara estacionário e que desistíramos de tratar, tive vários males secundários que o doutor Chandi tratou, muitas vezes por telefone, sucessivamente: placas de eczema nos ombros com um creme de cortisona, Locoid a 0,1%; diarreias com Ercefuryl 200, uma cápsula a cada quatro horas por três dias; um terçol duvidoso com colírio Dacrine e um creme de aureomicina. O doutor Chandi inicialmente me dissera: "Ainda não existe um tratamento específico para a aids, tratamos seus sintomas à medida que eles aparecem e, na fase terminal, agora temos o AZT, mas assim que ele começa a ser tomado, deve ser tomado até o fim". Ele não dizia até a morte, mas até a intolerância medicamentosa. De volta a Roma, percebi que um gânglio um pouco doloroso estava inchado no lado esquerdo de meu pomo de adão, acompanhado de uma leve febre. Alertado por esse sintoma, que todos os jornais repetiam há anos ser decisivo no desencadeamento da aids, liguei para o doutor Chandi em Paris, que me prescreveu um anti-inflamatório, Nifluril, mas esqueceu de também me passar a composição do produto, que me permitiria encontrar o medicamento similar fabricado na Itália. Em vez disso, corri em pânico, apalpando meu gânglio, até a farmácia da Piazza di Spagna, que me enviou para a farmácia internacional da

Piazza Barberini, que me enviou para a farmácia do Vaticano, me obrigando a descobrir esse universo incrível em que, para a obtenção de um remédio, é preciso ser interrogado por um suíço, entrar na fila de um guichê, apresentar um documento de identidade, esperar que a autorização, suas cópias e carbonos sejam copiosamente carimbados e entregá-los a um vigia antes de poder entrar na cidade sagrada, que lembra as imediações de um hipermercado na periferia de uma cidade do interior, com consumidores empurrando carrinhos cheios de fraldas e pacotes de água mineral benta, pois tudo é mais barato na cidade santa, que é uma cidade dentro da cidade e que lhe faz concorrência, com seu correio, seu tribunal e sua prisão, seu cinema e suas igrejas de bolso onde se pode rezar entre duas compras, e depois de me perder, finalmente entrei na farmácia, branca e futurista, desenhada pelo decorador de Kubrick em *Laranja mecânica*, com um balcão onde, de um lado, freiras de hábito cinza sob um fino jaleco branco vendem cosméticos e perfumes Opium da Yves Saint-Laurent em sistema de duty-free, enquanto do outro lado padres de colarinho cinza visível sob o jaleco vendem caixas de aspirina e preservativos, e me dizem no fim das contas que eu não encontraria Nifluril em nenhuma farmácia da cidade, nem na do Vaticano. Jules veio passar uma semana em Roma e sua presença fez meu pânico crescer ainda mais. Duas aids eram demais para um só homem, pois eu agora tinha a sensação de que formávamos uma mesma e única pessoa, sem espelho no meio, de que era minha voz que eu ouvia quando falava com ele ao telefone, e de que era meu próprio corpo que eu abraçava sempre que pegava o dele em meus braços, aqueles dois focos de infecção latente tinham se tornado intoleráveis dentro de um só corpo. Se um de nós estivesse doente e não o outro, isso sem dúvida teria criado um equilíbrio protetor que diminuiria o mal pela metade. Juntos, nós nos precipitávamos no abismo daquela doença dupla, afundávamos com impotência, e um não conseguia afastar o outro daquela atração comum para o fundo, para a profundeza mais profunda. Jules se debatia como um infeliz, recusava-se a ser meu enfermeiro, estava de saco cheio, me mandava para longe, e eu o insultava, dizia que ficava feliz de ter razões para odiá-lo. Ele tinha acabado de me confessar que um mês antes seu corpo todo, da garganta à virilha, passando pelas axilas, inchara sob um aumento dos gânglios, que assim ficaram por uma semana e desapareceram sozinhos, mas ele, como sempre, tivera a força mental de aguentar tudo absolutamente sozinho, de dissipar sozinho sua preocupação em vez de passá-la aos outros, como eu costumava fazer: não há ninguém como eu para atirar minhas preocupações na cara de meus amigos, David diz que é revoltante. Um fim de semana com Jules em Assis e Arezzo, que são duas cidades mortas, acabou conosco, choveu sem parar, eu batia os dentes, dormitava num quarto de hotel mal aquecido com uma sacada que dava para uma paisagem absurdamente suntuosa, e por dias e insônias a fio eu apertava meu gânglio com o polegar e o indicador, Jules fugia, saía para caminhar sob a chuva, preferia aquela morrinha gelada a mim. De volta a Roma, adiantamos sua partida, não aguentávamos mais um ao outro, Jules me deixou contorcido em angústias e lágrimas na cama, suplicando-lhe que me levasse para o hospital. Assim que ele saiu, me senti melhor, eu era meu melhor enfermeiro, ninguém além de mim estava à altura de meu sofrimento. Meu gânglio desinchou sozinho. Como Muzil para Stéphane, Jules era minha doença, ele a personificava, e eu sem dúvida era a dele. Na maior parte do tempo, eu descansava, sozinho e calmo, à espera de que um anjo me salvasse.

58

Jules chamou a minha atenção para o fato de que um carpete novo fora colocado no Instituto Alfred Fournier, que declinara depois da sífilis e subitamente prosperava como uma fábrica de camisinhas, revigorado pelo sangue dos soropositivos, que precisam fazer exames de controle a cada três meses, a análise sanguínea específica do vírus HIV custa quinhentos e doze francos e pode ser paga com cartão. As enfermeiras são muito chiques, usam meias quase transparentes e sapatos baixos, saias de tailleur e colares sóbrios sobre o jaleco, parecem professoras de piano ou bancárias. Elas vestem as luvas de borracha como luvas de veludo para uma noite de gala no Opéra. Caí numa coletora de maravilhosa delicadeza, discretamente atenta ao quociente de palidez repentina de meu rosto. Ela passa o dia todo olhando para o fluxo desse sangue envenenado e, apesar das luvas translúcidas, quase encosta na fonte do veneno, pois tira as luvas num estalo e aperta os dedos nus sobre o esparadrapo da picada, e fala de qualquer outra coisa: "Seu perfume é Habit Rouge? Reconheci na hora. Nenhum mérito nisso, é claro, mas gosto desse perfume, e senti-lo nesta manhã cinzenta não deixa de ser um pequeno alento".

59

No dia 18 de março de 1988, de volta a Paris, jantei na casa de Robin com Gustave, na véspera da viagem deles para a Tailândia. Também estavam presentes, lembro com nitidez inclusive da disposição em torno da mesa: Paul, Diego e Jean-Jacques, bem como Bill, que chegara naquela manhã dos Estados Unidos. Somos, portanto, seis testemunhas para seu discurso naquela noite. Bill está num estado de excitação indescritível, que influencia nosso jantar e monopoliza todas as conversas: ele já sai anunciando que acabavam de criar na América uma vacina eficaz para a aids, não exatamente uma vacina, para ser exato, pois a princípio as vacinas são preventivas, então digamos que uma vacina curativa, obtida a partir do vírus HIV e administrada a soropositivos não sintomáticos, inicialmente chamados de "portadores saudáveis", enquanto não colocassem em questão o lado saudável de um homem com aids, de modo a bloquear sua virulência e impedir o vírus de desencadear seu processo de destruição, mas aquele é um segredo absoluto, Bill conta com a total discrição de todos para não dar falsas esperanças aos pobres doentes, que, em pânico, poderiam criar obstáculos para o experimento que logo começaria na França, todos os presentes conhecem doentes de aids, é claro, mas desnecessário dizer que nenhum doente se esconde entre nós. Sou um dos primeiros no grupo, mas como saber se sou de fato o primeiro, pois todos sempre mentem para si mesmos a respeito da doença, a ficar, em meu foro íntimo, perturbado com o relato de Bill, que contradiz, se é que não coloca em questão, minha aceitação de uma morte iminente.

Temo ter ficado pálido, ou vermelho demais de repente, temo me trair e, para me desfazer de uma vez por todas desse medo, pergunto a Bill com ironia: "Então você vai poder salvar a nós todos?". "Não diga bobagens", responde Bill, interrompido no desenvolvimento de seu relato, "você não é soropositivo." Depois, voltando-se para os demais: "Mas vamos poder recuperar gente como Eric, e seu irmão também", ele diz para Robin na frente de mais cinco pessoas. Eu não fazia a menor ideia de que Eric, que morrera no verão passado, e o jovem irmão heterossexual de Robin, que viajara naquele dia para uma volta ao mundo de veleiro, eram soropositivos como eu. Bill continuava: acabamos de obter, nos Estados Unidos, ao fim de três meses de observação, os primeiros resultados de uma primeira etapa de testes com soropositivos assintomáticos, aos quais administramos essa vacina em 1º de dezembro passado. A presença do vírus no corpo deles, e em cada um de seus fatores transmissíveis, sangue, esperma, lágrimas e suor, parece ter sido totalmente eliminada. Esses resultados são tão fabulosos que em 1º de abril vamos lançar uma segunda etapa de testes, na verdade a terceira, pois uma etapa anterior foi feita com infectados com a doença avançada demais e que hoje estão todos mortos ou morrendo, dessa vez com sessenta soropositivos assintomáticos, chamados 2B, dos quais metade vai ser injetada com a vacina, e a outra metade com seu duplo-cego. Teremos resultados quase definitivos seis meses mais tarde, isto é, no início do ano letivo, depois dos quais, se eles forem tão favoráveis quanto os da etapa 2A pressagiavam, deverá ser iniciado na França um teste do mesmo tipo, que permitirá, segundo Bill, recuperar pessoas como Eric, ou como o irmão de Robin. Bill estava estreitamente envolvido no desenvolvimento dessa vacina e em sua eventual comercialização, enquanto diretor de um grande laboratório francês produtor de vacinas e amigo íntimo de longa data do inventor da nova vacina,

Melvil Mockney. O feito de Mockney consistia em fabricar sua vacina a partir do núcleo do vírus HIV, enquanto seus colegas, desde que a estrutura do vírus fora definida, tentavam utilizar seu invólucro, acumulando fracassos que a cada dia se tornavam mais humilhantes, e que segundo Bill se tornariam públicos durante o congresso mundial de Estocolmo, em que se reuniriam, de 11 a 18 de junho, pesquisadores do mundo todo. Bill estava muito exaltado, e consultava os amigos mais próximos sobre a vacina, pois sua vida corria o risco de se transformar radicalmente. Bill acabara se entediando com a rotina exaustiva, que inevitavelmente acentuava sua solidão, de idas e vindas entre a França e a África, onde conduzia atividades médicas paragovernamentais. Ele estivera associado à política médica do partido majoritário, que estava a ponto de mudar na França, às vésperas das novas eleições presidenciais, e cogitara se lançar por conta própria na política, mas sempre se deparava com o fato de que os políticos são incompetentes e estúpidos. Não havia mais nada de realmente interessante para fazer naquele momento além de combater a aids, dado a catastrófica disseminação de sua epidemia. Mas era preciso agir com rapidez. Era provável que ele precisasse se mudar para os Estados Unidos, para Miami, onde hectolitros de vacina seriam produzidos em imensas tinas, para que o vírus corretamente desativado, criogenizado, depois descongelado e neutralizado com raios laser, não pudesse contaminar os laboratoristas. Bill podia, enquanto amigo de Melvil Mockney há vinte anos e diretor do grande laboratório produtor de vacinas, se envolver na descoberta que salvaria a humanidade de sua maior ameaça contemporânea. A vacina também era para ele, que não o escondia, embora nunca soubesse o que fazer com seu dinheiro, um meio de realmente fazer fortuna. Bill me deixou em casa com seu Jaguar, eu não abri a boca o trajeto todo, pois passaria a noite do dia seguinte com ele, só nós dois, antes que cada um partisse, ele para Miami, eu para Roma. Não dormi nada à noite, meu estado de efervescência não permitia nenhum descanso. Abstive-me de falar a Jules do que acabara de descobrir, e também me abstive de colocar Bill a par de minha doença. Voltei a contar os dias em minha agenda: entre 23 de janeiro, quando, na Rue du Jura, recebi a notícia inapelável de minha doença, e aquele 18 de março, em que uma segunda notícia podia se revelar decisiva para contradizer o que a primeira ratificara em mim como irreversível, cinquenta e seis dias tinham se passado. Eu vivera cinquenta e seis dias, ora com alegria ora com desespero, ora esquecido ora ferozmente obcecado, tentando me acostumar com a certeza de minha condenação. Entrava agora numa nova fase, de suspensão, esperança e incerteza, que talvez fosse ainda mais atroz do que a anterior.

60

Naquela noite, tive a confirmação de que eu era um fenômeno do destino: por que eu pegara aids e por que Bill, meu amigo Bill, seria um dos primeiros no mundo a deter a chave capaz de apagar meu pesadelo, ou minha alegria de finalmente chegar ao objetivo? Por que aquele sujeito viera se sentar na minha frente no Drugstore Saint-Germain, onde eu jantava sozinho, numa noite do outono de 1973, há mais de quinze anos, quando eu tinha dezoito? E ele, que idade devia ter na época? Trinta, trinta e cinco, a idade que tenho hoje? Eu estava terrivelmente sozinho e ele sem dúvida tanto quanto eu, se não mais: sem dúvida igualmente sozinho, e vulnerável diante de um jovem, como eu me sinto hoje. Ele me convidara, sem mais nem menos, para acompanhá-lo à África no avião fretado de que dispunha. Naquela noite, ele disse as palavras que no fim foram repetidas e interpretadas por um ator num filme cujo roteiro escrevi: "Não é nem um pouco complicado viajar para a África, basta ter as vacinas em dia, tifo, febre amarela, e começar a tomar cloroquina amanhã mesmo, para prevenir a malária, um comprimido de manhã e outro à noite, quinze dias antes da viagem, deixaremos Paris dentro de exatos quinze dias". Por que desisti no último momento de viajar com aquele sujeito que nunca mais voltei a ver, mas com quem mantive um relacionamento telefônico por quinze dias para preparar a viagem, que para mim era certa, pois eu tomara as vacinas e começara a cloroquina? Por que nos perdemos de vista e nos reencontramos, cinco anos mais tarde, numa noite de julho de 1978, em Arles, onde ambos participávamos do Rencontres de la Photographie? Bill não seria, ainda mais do que eu, um desses fenômenos estarrecedores do destino, um desses monstros absolutos do acaso, que eles parecem torcer e moldar à sua vontade? Não havia entre ele e o pesquisador que garantiria sua fortuna as mesmas relações, quase sobrenaturais, que entre nós dois, apesar da diferença de idade, que devia ser a mesma? Melvil Mockney se tornara famoso ao descobrir, em 1951, a vacina contra a poliomielite. Filho do pós-guerra, Bill fora subitamente atacado, junto com a irmã, pelo vírus da poliomielite, que paralisava, um depois do outro, os centros de movimento, desde a fisionomia, crispando para sempre uma parte do rosto, até o sopro vital, destruindo o reflexo da respiração, forçando suas vítimas, muitas vezes crianças, a serem encerradas vivas nos famosos "pulmões de aço", que respiravam por elas, até a asfixia total. A aids na fase terminal, através da pneumocistose ou do sarcoma de Kaposi que ataca os pulmões, também leva à asfixia total. Mas Bill, já paralisado em toda uma metade do rosto, sem o fechamento de um olho e os reflexos motores da parte direita dos lábios, pois a zona morta de seu rosto fica à minha esquerda quando janto de frente para ele, o menino Bill ameaçado pela progressão do vírus não foi milagrosamente salvo pela invenção daquele que se tornaria seu colega e amigo. Em 1948, três anos antes de Mockney desenvolver a vacina antipoliomielítica, o pequeno Bill conseguia domar dentro de si, por um simples esforço de sua vontade ou por um milagre do acaso, a força destrutiva do vírus poliomielítico, detendo seu avanço, como uma criança que monta num leão furioso, e expulsando-a para sempre de seu corpo sem a intervenção da vacina. Melvil Mockney, informou-me Bill, não foi laureado com o Prêmio Nobel por sua descoberta, recusando-se a se curvar às regras que conduzem às honrarias e detestando seus ardis, ele se retirara para um centro em Rochester para conduzir pesquisas sobre o cérebro, logo estabelecendo que o cérebro não transmitia apenas impulsos nervosos para o corpo todo, mas também fluidos com funções igualmente decisivas.

61

Assim, jantei com Bill no sábado, 19 de março. Jules, com quem eu falara de manhã ao telefone, ordenara que eu colocasse Bill a par de nossa situação, e Edwige, a quem pedi conselho durante nosso almoço ritual de sábado, me aconselhara fortemente a fazer a mesma coisa, mas eu permanecia hesitante, não que não tivesse confiança absoluta em Bill, mas temia que um novo pacto com o destino perturbasse o estado progressivo, no fim das contas bastante apaziguador, de morte inelutável. Jules me disse, na época em que não acreditava que estávamos infectados, que a aids é uma doença maravilhosa. E é verdade que eu descobria algo suave e deslumbrante em sua atrocidade, era uma doença inexorável, mas não fulminante, era uma doença em degraus, uma longuíssima escadaria que levava com certeza à morte, mas em que cada degrau representava um aprendizado sem igual, era uma doença que dava tempo de morrer, e que dava à morte tempo de viver, tempo de descobrir o tempo e de finalmente descobrir a vida, de certo modo aqueles macacos-verdes da África tinham nos transmitido uma genial invenção moderna. E o sofrimento, depois que estávamos mergulhados nele, era muito mais suportável do que seu pressentimento, muito menos cruel, no fim das contas, do que teríamos pensado. Se a vida era apenas o pressentimento da morte, nos torturando sem descanso quanto à incerteza de seu dia, a aids, fixando um prazo definitivo para nossa vida, seis anos de soropositividade, mais dois anos com AZT, no melhor dos casos, ou alguns meses sem ele, nos transformava em homens plenamente conscientes de suas vidas, nos libertava de nossa ignorância. Se Bill, com sua vacina, recolocasse em causa minha condenação, ele me mergulharia de novo em meu estado de ignorância anterior. A aids me permitira dar um salto formidável em minha vida. Bill e eu decidimos ver no cinema *Império do sol*, uma porcaria palpitante que contava, através de uma série de estereótipos ianques, o *struggle for life* de uma criança projetada no mundo mais difícil que existe: a guerra sem a ajuda dos pais, um campo de reeducação onde reinavam a lei do mais forte, as bombas e os maus-tratos, a fome e o mercado clandestino etc. Senti no escuro, pelos soluços de Bill ritmados pela tensão das imagens ou seu relaxamento, às vezes virando-me discretamente para aquele brilho acentuado demais em seu olhar, essas lágrimas contidas refletidas pela tela, que ele estava totalmente envolvido, e que se identificava, não com o personagem infantil, mas com a mensagem simbólica do filme: o sofrimento é a sina dos homens, mas com vontade sempre nos livramos dele. Eu sabia que Bill, apesar de sua inteligência, era um espectador incrivelmente ingênuo, que engolia qualquer coisa, mas aquela ingenuidade naquele momento me repugnava, e me repugnava principalmente ter que opor àquela ingenuidade de costureirinha a incrível, inesperada, diria um inimigo, perspectiva de inteligência que a aids abria em minha vida subitamente delimitada. Ao sair do cinema, decidi não contar a Bill nada do que planejara, ou essa decisão se impôs por simples instinto de sobrevivência. Já era tarde, as portas dos restaurantes fechavam nos arredores e era difícil estacionar o Jaguar nas ruazinhas estreitas do Marais. Acabamos por acaso num extraordinário restaurante judaico, conduzidos com extrema autoridade por um garçom desvairado fantasiado de cossaco, entalados entre casais que se olhavam com desejo acima de um prato báltico à luz de velas, obviamente nos impedindo de abordar o assunto. Mas aquela era a única coisa que Bill tinha em mente e, depois de duas ou três frases banais trocadas sobre o filme, apesar de antes ter desistido, e talvez por isso mesmo abandonando minha desistência, decidi cozinhar Bill, referindo-me ao assunto que nos preocupava por razões diferentes e que logo abordei de maneira cifrada, bombardeando-o com perguntas: como se fabricava o Ringeding e a partir de que momento os Ringedings poderiam tomar Ringeding, nossos vizinhos devem ter pensado que éramos magnatas das drogas. Enquanto era levado até minha casa no Jaguar de Bill, que acelerava silenciosamente pelas ruas desertas de Paris e quase voava acima delas seguindo os acordes da música, perguntei a Bill se ele era capaz de guardar um segredo. Contei-lhe tudo, a contragosto, ao contrário do que prometera a mim mesmo, teleguiado por meus amigos e pelo bom senso, e eu via pelo brilho de seu olhar, que não queria mais sair da estrada, da estrada atrás do para-brisa, como a interminável estrada cheia de armadilhas que tínhamos acabado de ver na tela, que Bill estava abalado com o que eu lhe anunciava de patético, de um gênero completamente diferente do filme que nos atordoara. Bill se recompôs e me disse: "De todo modo, eu já sabia. Desde o herpes-zóster eu sabia, por isso indiquei-lhe Chandi, para que você estivesse em boas mãos... Mais do que nunca, essa confirmação me faz pensar que precisamos ser rápidos, muito rápidos". Bill viajava no dia seguinte para Miami. Antes, ele me perguntara: "Qual sua contagem de T4?". Já abaixo de 500 mas ainda acima de 400, o limiar fatal estava em 200.

62

A partir desse dia, Bill não me deu mais notícias e não telefonou mais, embora nos últimos tempos ele praticamente me importunasse em Roma, à noite, com ligações intermináveis, em geral tão breve e tão apressado, ele me ligava, desamparado, de seu escritório em Miami ao fim de um dia de trabalho que começava às sete horas da manhã e só era interrompido por um break de quinze minutos para um sanduíche, pois com o cair da noite o absurdo da ausência de agitação se tornava intolerável e acentuava a solidão, as secretárias e colegas voltavam para seus lares e Bill ficava sozinho no escritório passando os olhos pela agenda de endereços, que de repente lhe parecia vazia e transparente, e no fim das contas eu era um de seus únicos amigos no planeta, ele não tinha nada de especial para compartilhar além de sua exaustão e de suas dúvidas, sua incapacidade de viver aventuras e, de maneira bastante maliciosa, ele sempre sugeria que eu fosse, pelo tempo da conversa, o seu substituto nas aventuras que ele não era mais capaz de ter, e inventava alguém em minha cama, embora eu estivesse sozinho, e imitava a respiração ofegante de ginásticas inverossímeis embora minha voz estivesse rouca apenas por ter sido tirado do sono para cuidar de um amigo, nesses momentos eu tinha pena de Bill. Ele não suportava nenhum tipo de obrigação de amizade, embora estivesse sobrecarregado de obrigações profissionais, aquela era sua doença, sua obsessão, a gangrena de seus relacionamentos. Ele queria permanecer livre até o último momento, para ser o senhor de suas noites, e aparecia de última hora, como para testar a lealdade e a disponibilidade de seus raríssimos amigos, nunca aceitando reservar uma data para um jantar do qual ele não era o organizador, o encontro sempre devia ser marcado com quinze minutos de antecedência, entre sete e oito da noite, embora ele mesmo o tivesse definido vários dias antes. E ele chegava sem mais nem menos em nossos encontros entre amigos, majestoso, acelerando seu Jaguar para sequestrar um de nós e convidá-lo para jantar num grande restaurante, ou depositando com naturalidade no marco da porta, como uma oferenda, uma caixa de Mouton-Rothschild pela qual ele pagara alguns milhões no leilão Drouot. Ver-se na obrigação de acompanhar um dos convidados até sua casa, ao fim de uma noite, o deixava doente, com um nó na garganta, o sufocava, o faria ser capaz de demolir a marteladas o Jaguar tratado como um micro-ônibus, ou o crânio do amigo que assim ultrajava a nobreza de seu carro prateado todo-poderoso onde ele ouvia Wagner. Quando ele dirigia o Jaguar, nada podia lhe resistir, ele vestia luvas de couro e todos à sua volta, dentro de seu campo de visão, deviam se curvar sem exceção, maravilhados com a fluidez de sua direção sem falhas, tanto os passantes que queriam se aventurar fora das faixas de segurança quanto os carros que tinham a estúpida audácia de não se prostrar, nesses momentos Bill se tornava o justiceiro imperioso do trânsito parisiense, e eu tremia de medo com a ideia de atropelarmos um imprudente. Com o passar dos anos, nós de certo modo conseguimos domar um ao outro. Eu era praticamente a única pessoa que ele aceitava levar para casa após um de nossos jantares, correndo o risco de usufruir grosseiramente desse privilégio em relação aos outros, pelo menos isso fora difícil de obter. Eu gostava ainda mais de ser levado para casa por Bill, coisa que qualquer motorista de táxi poderia fazer, é verdade que sem o Jaguar, porque para ele, dada sua fobia por obrigações de amizade, fazer aquele pequeníssimo desvio que desafiava a intransigência de seu orgulho lhe custava muitíssimo, e o rebaixava, não à categoria de motorista, como ele fingia pensar, praguejando, mas à simples categoria de amigo leal, o que para mim representava uma vitória. Assim, havia meses, desde a confissão de minha doença, Bill não dava mais nenhum sinal de vida, o que às vezes me fazia sofrer, e às vezes aumentava minha ansiedade ou meu arrependimento por ter lhe contado tudo, mas, para dizer a verdade, seu silêncio pouco me espantava, e eu poderia inclusive acrescentar que me deliciava, porque com aquele silêncio abrupto, que para outra pessoa poderia parecer um monstruoso abandono, Bill dessa vez passava à categoria de personagem ambíguo. Eu imaginava sua vertigem: com que terror ele, que se sentia oprimido pela obrigação de acompanhar um amigo de carro, não devia se sentir atormentado pela insuportável obrigação, agora que tinha condições, ou que em todo caso acreditava ter ou seu amigo acreditava, de salvar a vida de um amigo? Havia de fato o suficiente para sair correndo, desligar o telefone e se fingir de morto.

63

Alguns anos antes, eu diria que em 1983 ou 1984, Bill, em geral tão sóbrio no registro de efusividades entre amigos, nos enviara de Portugal uma longa carta dilacerante. Ele sabia estar sofrendo de uma grave doença do fígado, ligada a algum germe africano, que talvez colocasse seus dias em perigo. Assim que voltasse, ele precisaria se hospitalizar para passar por uma ablação, então decidira primeiro fazer aquela viagem com que sonhava havia muito tempo, e passava seu tempo, dizia ele na carta escrita no papel timbrado do maior palácio de Lisboa, visitando casas de veraneio na costa atlântica, nos arredores de Sintra, casas de sonho nas quais de repente, naquela verdadeira declaração de amizade de sua longa carta, ele nos imaginava, nós seus amigos um tanto secundários até então, alçados bruscamente a seus olhos, pela doença e pela ameaça de um desenlace fatal, a amigos de primeiríssimo plano. A carta de Bill mexera comigo, eu lhe respondera com palavras bastante calorosas. Bill passou por aquela ablação de uma parte do fígado, se recuperou rapidamente, e nunca mais mencionou aquelas férias de verão numa casa de sonho na costa atlântica de Portugal.

64

Não voltei a ver Bill até a noite de 14 de julho, em La Coste, na cabana de Robin, nosso amigo comum. Bill tinha chegado de avião de Miami naquela manhã, com tempo apenas para se encontrar com seu anestesista no hospital Val-de-Grâce e logo pegar o TGV até Avignon, onde tinha alugado um carro. Ele partiria na noite do dia seguinte para ser hospitalizado e operado dois dias depois de uma ruptura na parede abdominal, comum em homens na casa dos quarenta. De minha parte, eu havia deixado Paris completamente acabado, no estado de fragilidade mental que acompanhava minha solidão, pois todos os meus amigos tinham deixado a capital e eu estava nas mãos de minhas duas velhas tias-avós, que se tornam vampiras impiedosas e bebem todas as minhas forças até a última gota de sangue assim que vislumbram a ferida por onde entrar. Bill estava exausto e sofria com a defasagem horária devido às viagens, quase sonâmbulo, ele tropeçava, talvez entorpecido também pelos calmantes que começara a tomar para a cirurgia. Era muitíssimo importante para mim poder vê-lo e conversar, mas na frente dos outros não demonstrei nada. Não precisei conduzir meu interrogatório, os outros amigos já bombardeavam Bill com perguntas. O experimento continuava, os resultados continuavam favoráveis. O congresso de Estocolmo, que eu seguira todos os dias pelos jornais, sem nada encontrar sobre a famosa vacina, não fora decisivo como se esperava, a participação de Mockney fora discreta, sua pesquisa silenciada por um comitê de cientistas que a haviam julgado prematura, portanto perigosa, os colegas de Mockney tinham caído em cima dele sem dó nem piedade, pois os primeiros bons resultados dos testes de sua vacina obtida a partir do núcleo do vírus reforçavam o fracasso maciço dos vários outros testes com o invólucro do vírus. O maior problema, agora, acrescentava Bill, era resistir às pressões dos "*capitalist adventurers*", os aventureiros e pioneiros capitalistas que tinham faro para apostar rapidamente num novo produto e fazer os preços subirem. "Se eles colocarem a mão na vacina de Mockney", explicava Bill, "as doses custarão mil dólares, enquanto deveriam custar dez, e isso será um massacre para a humanidade." Jantávamos, na companhia de alguns adolescentes assombrados, sob o caramanchão da cabana, comíamos vegetais crus, como sempre, misturas requintadas criadas por Robin, frutas vermelhas e iogurtes Alpa em potes de parafina, os sabores mais disputados eram framboesa, baunilha e chocolate, e as colherinhas para degustá-los eram leves e vinham em minúsculos jarros de estanho. Como eu, Bill precisava voltar ao hotel, a cabana fora invadida por uma horda de jovens tailandeses que com certeza tinham sido enviados por seus pais, como observou o restaurateur do monte Ventoux, para uma viagem de estudos na França. Bill não se aguentava em pé no trajeto ao hotel, mas fez questão de sair de novo, depois de deixar sua bagagem no quarto, apesar da hora tardia, para que fôssemos beber algo no terraço do Café du Commerce, ou na frente, onde uma pequena orquestra tocava, para conversarmos um pouco sozinhos. Imediatamente, sem que eu pudesse lhe fazer pergunta alguma, piscando os olhinhos de cansaço, Bill me pediu notícias de Jules, Berthe e das crianças, em seguida perguntou como eu me sentia e como estavam meus exames, e me disse: "Se tudo continuar bem, os testes na França deveriam começar em setembro, no máximo no início de dezembro, teremos então resultados realmente significativos para o grupo 2B". Perguntei a Bill se ele ainda conseguiria, como ele propusera, colocar a mim, Jules e Berthe no grupo de teste, e se precisaríamos nos submeter ao duplo-cego. “Não, vocês não, é claro”, respondeu Bill, “mas ninguém pode saber, essa precisa ser uma condição muito clara no protocolo firmado entre os produtores de vacina e o hospital do Exército onde se dará o estudo.” Eu disse a Bill: “Você vai fazer isso com a cumplicidade de Chandi?”. “Não, sem. Ele de fato será o médico designado para acompanhar o estado dos indivíduos vacinados durante o estudo, mas não saberá que vocês foram selecionados antes da loteria estatística do duplo-cego. Ele inclusive será encarregado de explicar a vocês a necessidade de aceitar o princípio duplo-cego, e vocês precisam jogar o jogo.” Bill fez uma pausa, depois acrescentou: “De todo modo, se houver qualquer problema na instauração do estudo na França, levarei vocês três para Miami, Jules, Berthe e você, e farei com que sejam vacinados por Mockney em pessoa”.

65

Todos os voos estavam esgotados para o fim de semana de 14 de julho, por isso voltamos com Bill e Diego num TGV lotado, em que para nosso conforto nos alternávamos entre o bar e os cantos do compartimento em que conseguíamos ficar sentados no chão. Bill lia meu livro, rindo, eu tinha acabado de recebê-lo de meu editor e lhe dera o exemplar, com a mais ponderada, mais séria e mais afetuosa dedicatória que jamais lhe fizera, um risco de minha parte, sem dúvida. Eu ainda sentia na ponta dos dedos o prazer que eles tinham experimentado na véspera ao acariciar as costas de um jovem maravilhoso, Laurent, e aquele formigamento subia até meu coração, aquele perfeito exemplo de "*safer-sex*" involuntário o enchia de sensualidade. Bill entrou no dia seguinte no hospital Val-de-Grâce, onde passaria pelo fechamento cirúrgico de sua parede abdominal, e eu deveria esperar, descendo febrilmente todas as manhãs para procurar em minha caixa de correio o grande envelope do Instituto Alfred Fournier que eu colocara no nome de Gustave e que vinha com o carimbo "Sigilo Médico", carimbo das doenças mortais, os resultados dos últimos exames que eu fizera antes da viagem para La Coste. Quando cheguei ao instituto, em jejum, e quando saí, correndo até o bistrô mais próximo para me fartar de café e me empanturrar histericamente de croissants e brioches, eu me sentira muito fraco e roído pela doença, estava certo de que os resultados seriam ruins e me levariam a outro estágio da consciência de minha doença e da atitude do doutor Chandi e da instituição médica para com ela. O espesso envelope estava dobrado em quatro e precisei desdobrá-lo às pressas, ou numa lentidão suspeita, na frente da caixa de correio, indo direto para a folha com a indicação do nível de T4, que me revelou que naquele momento em que me sentira tão enfraquecido pela doença eu na verdade estava numa fase de trégua e mesmo de remissão da doença, pois meu nível de T4 voltara a subir para mais de 550, numa faixa próxima da normal e num grau que não atingia desde que tínhamos começado com aqueles exames específicos da ação do vírus HIV sobre a diminuição dos linfócitos, meu corpo realizara o que o doutor Chandi chamava de recuperação espontânea, sem o auxílio de nenhum remédio, nem Defenthiol nem o que quer que fosse. Senti, parado na frente de minha caixa de correio, uma corrente de sopro vital, uma sensação de evasão, uma ampliação da perspectiva geral; o mais doloroso nas fases de consciência da doença mortal talvez seja a privação do futuro, de todos os futuros possíveis, como uma cegueira inelutável à medida que o tempo progride e se retrai ao mesmo tempo. Em seu consultório, o doutor Chandi ficou bastante satisfeito com meus resultados, ele riu e me disse que a ilha de Elba, os banhos de mar e de sol, o descanso, que aquele tipo de vida me beneficiava, mas que ao mesmo tempo eu não devia abusar do repouso, ele pressentia que um repouso forçado poderia ser fatal para as atividades vitais. Fui mostrar meus resultados para Bill no Val-de-Grâce, ele recém-acordara da anestesia, estava morrendo de sede, tinha sido proibido de beber, e me pediu para falar com ele, continuar falando, para impedi-lo de pegar no sono de novo, mas foi tão difícil resistir que ele me pediu para ficar quieto e deixá-lo dormir, mas sorriu ao ouvir minha nova contagem de T4. Eu ia vê-lo todos os dias, depois do almoço, levando o *Le Monde* e o *Libération*, com frequência havia alguém em seu quarto, não um amigo ou membro da família, mas um colaborador, um colega de trabalho, especialistas se sucediam para conseguir um emprego com aquele homem acamado, que continuava telefonando para Miami e Atlanta para passar instruções. Seu cirurgião lhe advertiu que sua parede abdominal se rompera, ele devia ser mais prudente. Bill contratou um jovem para ajudá-lo a sair do hospital, transportar suas bagagens, dirigir seu Jaguar e lhe dar o braço, um bonito rapaz mestiço que o acompanhou até Miami.

66

No fim de setembro, Bill me telefonou de Paris para a ilha de Elba, para me avisar de que dispunha do pequeno avião de sua empresa e que pensava em passar na ilha para nos ver depois de fazer uma escala em Barcelona, onde era esperado por Tony, o jovem campeão de corrida que na época era o garoto de seus sonhos. Bill me disse: "A princípio viajo amanhã de manhã para Barcelona, se o tempo continuar bom; eu queria apenas ter certeza de que vocês permaneceriam aí pelos próximos três ou quatro dias; de todo modo, volto a ligar de Barcelona". Mas Bill, no fim das contas, não foi à ilha de Elba, e nem se deu ao trabalho de nos ligar, supostamente abalado, como ficamos sabendo mais tarde, pela defecção de seu Tony. Julguei a atitude de Bill, se não criminosa para comigo, e se era de fato criminosa é desnecessário dizer que, do jeito que sou, não me envaideci nem um pouco, no mínimo nada amigável, e estupidamente grosseira. Conseguimos, por intermédio de Robin, que a contara a Gustave, uma informação adicional sobre o abandono de Bill: os resultados dos testes da vacina se revelaram menos convincentes do que ele esperava.

67

Bill só voltou a aparecer no dia 26 de novembro, jantamos juntos no Grill Drouant, no intervalo de suas idas e vindas entre Miami, Paris e Marselha, onde ficava a sede de seus negócios na França. Eu tinha acabado de pegar meus últimos resultados, que eram ruins, retirados no Instituto Alfred Fournier por causa da greve geral que paralisava os correios e os transportes, descobri em pleno bulevar, abrindo o envelope, que meus T4 tinham caído para 368, que eu estava prestes a cruzar o limiar abaixo do qual a vacina de Mockney não poderia mais ser injetada em mim, Bill me dissera isso várias vezes: "Faremos os testes em soropositivos assintomáticos com T4 acima de 300", e eu também me aproximava do limiar das crises irreversíveis de pneumocistose e toxoplasmose, que se desencadeiam com T4 abaixo de 200, cuja chegada é então adiada com a prescrição de AZT. Da mesma forma que me sentira extremamente fraco e abatido por minha doença, no mês de julho, ao caminhar em jejum sob o sol para tirar o sangue que revelou que eu estava em boa forma, eu me sentia poderoso e eterno ao caminhar em jejum sob a neve para tirar o sangue que revelou que minha saúde se degradara vertiginosamente no intervalo de quatro meses. Os novos resultados preocuparam o doutor Chandi, que pediu um exame complementar, uma antigenemia, que procura no sangue o antígeno P24, que é o anticorpo associado a uma presença ativa e não mais passiva do vírus HIV dentro do corpo. No mesmo dia, corri a pé por uma Paris paralisada pela greve para buscar esses resultados ruins no Instituto Alfred Fournier e, depois de passá-los por telefone ao doutor Chandi, retirar em seu consultório a requisição para a procura do P24, voltando na mesma hora ao Instituto Fournier para a coleta de sangue menos de uma semana depois da anterior, cujo hematoma ainda se via na dobra do braço em que a desagradável enfermeira gorda voltou a enfiar a agulha. Naquele dia, poderiam ter me trepanado e enfiado seringas em minha barriga ou meus olhos, eu teria apenas cerrado os dentes, meu corpo tinha sido levado a algo que aparentemente o desprovia de vontade autônoma. O doutor Chandi, diante dos resultados ruins, tentou me explicar o que aconteceria a seguir: se a antigenemia se revelasse positiva, dentro de um mês seria preciso refazer o mesmo exame para acompanhar sua evolução, e se a contagem do antígeno P24 continuasse crescendo junto com a queda da contagem dos T4, seria preciso considerar um tratamento. Eu sabia que o único tratamento possível era o AZT, ele me dissera isso um ano antes, e me avisara que ele só era administrado em fase terminal, até a intolerância medicamentosa, para não dizer a morte. Mas nem ele nem eu, na hora, fomos capazes de dizer o nome desse medicamento, o doutor Chandi entendera minha maneira de contornar aquela palavra, que eu desejava ouvir e dizer o mínimo possível. Jantei com Bill no intervalo entre o anúncio dos resultados ruins e o resultado da antigenemia. Deliberadamente, tentei me manter alegre, leve, não afundar no páthos da condenação. Bill disse, olhando para meu rosto iluminado pela vela colocada sobre a toalha branca: “O mais incrível é que não dá para ver, juro que ninguém poderia imaginar, olhando para o seu rosto, o ataque que você está sofrendo, de tão em forma você parece”. Entendi que aquilo lhe dava uma espécie de vertigem: a proximidade definitiva da morte, a ameaça também de sua transmissão, dissimulada naquele rosto agradável ainda inalterado, aquilo o fascinava e o apavorava. Bill me confessou de viva voz, naquela noite, o que Robin já espalhara através de

Gustave: os resultados da vacina não eram tão bons quanto eles esperavam, naqueles indivíduos o vírus HIV, depois de desaparecer de cada praça-forte ou veículo do corpo, cérebro, sistema nervoso, sangue, esperma e lágrimas, reaparecia malignamente dentro de nove meses. A vacina fora reaplicada de imediato, mas não se podia ter certeza do resultado. Bill me fez entender que Mockney estava desconcertado com o que ele considerava um fracasso provisório: no momento, queria aperfeiçoar sua vacina acrescentando anticorpos produzidos por soronegativos voluntários, amigos ou parentes próximos dos soropositivos que participavam dos testes, e que aceitariam ser inoculados com o vírus HIV desativado. Internamente, repassei os parentes ou amigos a quem poderia fazer, se necessário, embora eu já não acreditasse mais nisso, um pedido tão difícil, mas não consegui pensar em nenhum nome e em nenhum rosto sem sentir um nojo insuportável crescendo dentro de mim, e uma espécie de repulsa de todo meu corpo por aquele corpo estranho que não fora contaminado. Por qualquer outro corpo que não o de Jules, Berthe e talvez das crianças, com os quais eu constituía um fantasmático corpo único absolutamente solidário.

68

Depois de dez dias de espera, fui informado de que a antigenemia resultara positiva pela voz do doutor Chandi, em seu consultório, enquanto ele ouvia por telefone, do laboratorista do Instituto Fournier, a contagem exata: 0,010; a presença ofensiva do vírus, que ela revelava nas entrelinhas, começava em 0,009. A notícia, que esperávamos, preparada com precaução pelo doutor Chandi havia semanas e meses, mesmo assim me derrubou. Mais uma vez, tudo balançava. Aquilo significava o AZT e talvez sua intolerância, incessantes coletas de sangue para verificar se a quimioterapia não causava anemia, se a hemorragia dos glóbulos vermelhos não era o mal necessário para aliviar a linfopenia, e significava, no fim das contas, a morte dando vários passos em minha direção de uma só vez, bem no meu nariz, a morte entre agora e dois anos, se um milagre não acontecesse, se a vacina de Mockney continuasse a dar errado ou se a aceleração da doença me colocasse fora do âmbito do experimento. Eu disse ao doutor Chandi que queria pensar antes de começar a tomar aquele remédio. Querendo dizer: escolher entre o tratamento e o suicídio, entre um ou dois novos livros escritos durante o tratamento, graças ao adiamento que ele me permitiria, e o suicídio, também para me impedir de escrever esses livros atrozes. Condoído de mim mesmo na frente do doutor Chandi, eu estava à beira de lágrimas que me repugnavam. Pequeno, frágil e impotente, assustado com aquele simulacro de determinação, o doutor Chandi me disse que queria absolutamente me ver ao menos uma vez antes de meu retorno a Roma. Alguns dias antes eu consultara, no guia Vidal de minhas tias-avós ex-farmacêuticas, a dosagem em gotas da Digitalina que o doutor Nacier me aconselhara e que me permitiria uma partida em suposta suavidade.

69

Acabei almoçando com o doutor Chandi no dia 2 de dezembro, no restaurante Le Palanquin. Eu tinha escolhido uma mesa afastada, embora estivéssemos acostumados a falar de tudo aquilo com palavras veladas e eu já não desse a mínima para a ideia de segredo, tendo aliás levado a meu editor um manuscrito no qual não escondia minha doença, e um elemento como esse num manuscrito entregue a um editor como aquele não deixaria, sob o selo do segredo, de se espalhar rapidamente, rumor que eu aguardava calmamente e com certa indiferença, pois estava na ordem das coisas que eu, que sempre fizera isso em meus livros, traísse meus segredos, mesmo um irreversível que me excluiria para sempre da comunidade dos homens. Como nas vezes anteriores, por educação e para atenuar um pouco o trágico propósito de nosso almoço, o doutor Chandi e eu começamos falando disso e daquilo, de música, que era seu passatempo, de meus livros, de nossas respectivas vidas. Ele me contou estar passando pelo inconveniente de uma mudança de apartamento e de todos os dias precisar visitar algum, de não poder consultar seus livros encaixotados, porque deixara o companheiro com quem vivera por mais de dez anos e, acrescentou, corando, "meu novo companheiro tem o mesmo nome que você", e pronunciou meu nome. O doutor Chandi negou o que Stéphane me dissera sobre o suicídio ser um reflexo de boa saúde, o que me preocupava muito e que quase me levava a tomar uma decisão, mesmo que antecipada, pois eu temia o momento em que a doença me tirasse a liberdade do suicídio. "No último dia em que você foi ao consultório, tive a prova do que digo, pouco depois que você saiu fiquei sabendo que um de meus pacientes, que vinha sendo tratado havia um ano com AZT, tinha acabado de pôr um fim a seus dias, seu companheiro me telefonou para avisar." Perguntei como tinha sido. Enforcamento. "Mas também tenho pacientes tratados com AZT", continuou o doutor Chandi, "que estão em plena forma física e mental. Um deles, na casa dos cinquenta, não poderia estar melhor, exceto pelo fato de não ter mais ereções, e mesmo que isso possa ser atribuído ao remédio, o que me espantaria, ou a um transtorno psicológico ligado à doença, o que eu acharia mais provável, esse senhorzinho energético se recusa a desistir, diz que acabou de conhecer um novo amante, a quem deseja honrar, e todas as semanas, além das coletas de sangue de rotina, toma injeções no pênis para endurecê-lo." Depois o doutor Chandi me contou a história de um garoto epiléptico e soropositivo que, durante uma crise, mordera o irmão, que tentava colocar um pedaço de madeira entre seus dentes para impedi-lo de engolir a língua. Análises no sangue e no soro do irmão tinham sido feitas para saber se ele fora contaminado pela mordida, e os médicos consideravam lhe prescrever AZT a título preventivo se o resultado desse positivo.

70

A penúltima vez que vi Bill até a data de hoje foi em 23 de dezembro, um dia depois de minha primeira visita ao hospital Claude-Bernard, jantamos juntos no restaurante italiano da Rue de la Grange-Batelière, um de nossos únicos costumes. O restaurante estava praticamente vazio, ainda com o mesmo garçom agressivo que nossa assiduidade acabara tornando gentil, ele imaginava para Bill uma vida de milionário diletante, que viajava pelo mundo seguindo o sol que acariciava suas praias, mas Bill estava pálido, estressado pelo ritmo do business americano e preocupado com o êxito da vacina na qual apostara. Ele me contou ter visitado, em Atlanta, jovens rapazes do grupo B que tinham recebido a vacina de Mockney, e ter se deparado, disse-me isso com certa lassidão, com criaturas resplandecentes, em perfeita saúde, que se dedicavam ao bodybuilding. Tinha se exigido silêncio absoluto daquelas cobaias, fazendo-as assinar não apenas contratos pelos quais a empresa produtora da vacina se eximia de toda responsabilidade em caso de morte ou agravamento da doença, como também juramentos pelos quais elas se comprometiam a um mutismo total que as impedia, sob pena de processo judicial, de falar a qualquer pessoa a respeito do experimento de que participavam. Bill me descreveu um daqueles jovens, de vinte anos, especialmente bonito, especialmente musculoso, mas, infelizmente, soropositivo. Bill me disse que os testes na França deveriam começar em janeiro e que Mockney contava utilizar, além da vacina, injeções intravenosas de gamaglobulina, que seria retirada da placenta de mães zairenses contaminadas pelo vírus. Bill acrescentou que o laboratório que ele dirigia era o maior comprador do mundo de placentas, que forneciam a matéria-prima das gamaglobulinas. Mas ele estava cansado e eu também, e, langorosamente, era como se nenhum dos dois acreditasse na possibilidade daquela vacina e de sua ação poderem mudar o curso de minha doença, e como se, no fim das contas, definitivamente não estivéssemos nem aí, nem aí mesmo.

71

Nesse meio-tempo, Jules e eu fomos comemorar em Lisboa nosso ritual de aniversário compartilhado. Foi um massacre recíproco, puxei Jules para a profundeza mais profunda do abismo criado por sua presença a meu lado, puxei-o obstinadamente, sem descanso, até o sufocamento final. Ele se preservara do sofrimento mental por força ou fraqueza de caráter, ele o ignorara, a não ser quando acompanhava os amigos próximos que sofriam, pois parecia que de propósito só escolhia amigos que fossem pessoas inclinadas a excessos de sofrimento, ainda precisei, numa noite do verão passado, consolar o amante de Jules, que soluçava no quarto ao lado, e eis que eu o levava a descobrir por conta própria o efeito devastador do sofrimento mental, que eu parecia exercer como um carrasco, embora sua ação visível sobre ele me torturasse igualmente, e aumentasse meu sofrimento, deixando-me prostrado por dias, como um inválido, eu me tornara praticamente um moribundo, me tornara por antecipação o agonizante que não tardaria a descobrir, eu não conseguia mais subir uma encosta ou a escada do hotel, não conseguia não estar deitado às nove da noite, mesmo depois de ter feito sesta a tarde toda. Não éramos mais capazes, Jules e eu, de qualquer calor físico. Perguntei-lhe: "Você está sofrendo por falta de amor?". Ele respondeu: "Não, estou sofrendo simplesmente". Em sua boca, aquela era a frase mais obscena que eu jamais ouvira. Foi num trem entre Lisboa e Sintra, num dia claro e ensolarado, que seu sofrimento chegou ao ápice, eu me sentara do outro lado do corredor, os bancos comportavam mais ou menos seis lugares, estávamos os dois em janelas opostas.

O trem estava quase vazio ao sair, mas se encheu rapidamente ao longo daquela linha de subúrbio em que as pessoas caminhavam sobre os trilhos, mas meu banco permanecia vazio, ninguém queria se sentar a meu lado ou na minha frente, nem sequer perto de mim, embora eu evitasse olhar para quem quer que fosse durante as paradas do trem, pois eu tinha entendido, com um terror irônico, que as pessoas teriam preferido se empilhar umas sobre as outras a ter que sentar confortavelmente ao lado daquele sujeito estranho cuja imagem me era devolvida pela distância que elas tomavam de mim, todas tinham se transformado nos gatos que fugiam de mim, gatos alérgicos ao diabo. Jules obviamente percebera, e as pessoas que saíam de meu banco, como se eu estivesse fedendo, se sentavam ao seu lado, mas eu não ousava me voltar em sua direção para mostrar que entendera a manobra delas e para acusá-lo de cumplicidade, ele estava paralisado de sofrimento. Na passagem coberta do pátio de um prédio, que ficava ao lado da vitrine de uma mercearia, no bairro da Graça, em Lisboa, eu vira à contraluz uma fileira de estatuetas translúcidas que pareciam sopradas em açúcar e entrara para comprá-las, eram cabeças de garotinhos feitas de cera, que os pais, antigamente, depositavam como ex-votos na igreja quando o filho tinha meningite. Fazia tempo que o bairro não via um caso de meningite e o merceeiro ficou surpreso de se livrar de cinco cabeças de uma só vez. Quando as dispus no parapeito da sacada para fotografá-las diante da paisagem que compreendia o castelo com seus estandartes, o rio dourado, sua ponte pênsil, o Cristo gigante da outra margem e os aviões que passavam entre os arranha-céus, Jules observou que aqueles ex-votos, que eu tinha escolhido um por um entre tantos outros, sem pensar muito, eram em número de cinco e o lembravam do Clube dos Cinco, que para ele simbolizava nossa família comprometida e unida na aventura do infortúnio. Não me escapara que Jules, durante aquela estada em Lisboa, contrariando seus hábitos em nossas viagens anteriores de ritual de aniversário, como que evitara a todo custo telefonar para Berthe para saber notícias dela e dos filhos. Jules tinha fugido de uma espécie de desastre em Paris: exaurida pelo primeiro trimestre escolar, Berthe, também sofrendo de uma otite aguda, decidira tirar uma licença-saúde de uma semana, aconselhada pelo doutor Chandi, enquanto os dois filhos passavam um para o outro o vírus da gripe chinesa que já pregara na cama 2,5 milhões de franceses, e o pequeno Titi, sempre translúcido, quase azulado, que não parava de tossir, tinha os pulmões regularmente radiografados e massageados por um fisioterapeuta que tentava tirar seu muco. Na manhã de nossa partida, ao embalar as cinco estatuetas de cera, preocupado porque Gustave, que não atendia mais ao telefone, não nos ligara para desejar um feliz aniversário, decidi telefonar para Berthe para saber notícias. Fui atendido por sua mãe, sempre agridoce, que riu na minha cara quando me esforcei para fazer um gesto de cortesia: "Estou muito bem, meu querido Hervé, o tempo deve estar esplêndido onde vocês estão, mas aqui, veja só, estamos em pânico, Berthe acaba de sair desabaladamente para o hospital com Titi, que está com uma erupção de placas vermelhas no corpo todo, as pálpebras inchadas, não enxergamos mais seus olhos, ele está com um edema no joelho e as pernas tortas. A propósito, passou boas férias com Jules?". Desliguei, Jules estava de pé a meu lado, à espreita. Eu disse que as notícias, na verdade, não eram excelentes, mas não podia esconder dele o que a mãe de Berthe me dissera. Eu queria deixar meus cinco ex-votos numa igreja, pois aquele era o costume em caso de doença, eles tinham sido feitos para isso, e como nós cinco provavelmente estávamos doentes... Jules me disse que não acreditava naquelas bobagens, o tom subiu entre nós, tínhamos pouquíssimo tempo antes da partida, e eu saí apressado com minha sacola de plástico, onde tinha embalado as estatuetas para levá-las à igreja mais próxima, que víamos à esquerda ao nos debruçarmos sobre a sacada e era, hoje descubro, analisando o mapa de Lisboa que guardei, a basílica de São Vicente. Passávamos quase todas as noites, ao voltar para o hotel, diante de uma ala lateral da basílica de São Vicente, ao longo da qual ficavam, diziam as plaquinhas, a sacristia e a capela-ardente, cuja porta quase sempre estava aberta, protegida apenas por uma cortina malva, que uma vez entreabri e me revelou um morto estendido sobre um estrado branco, cercado por velhas senhoras que rezavam. Mas não seria na capela-ardente que eu despacharia minha pequena família, eu a entregaria às orações dos desconhecidos, como meus votos japoneses no Templo do Musgo, sobre um altar, e entrei pela fachada da basílica de São Vicente, gelada, vazia, atravancada de andaimes, sobre os quais dois ou três operários raspavam e batiam, zombando um do outro. Dei várias voltas na basílica, enquanto Jules me esperava na rua. Não havia nenhum lugar, à primeira vista, em que pudesse depositar os ex-votos, com exceção de uma mesa de círios ardentes, entre os quais eles teriam imediatamente chorado todas as suas lágrimas de cera. Uma sacristã desconfiada, responsável por colocar círios novos e limpar os depósitos de cera nos escoadouros da grade, olhava com suspeição para minha sacola de plástico, que via passar pela terceira vez, então saí da igreja. Dirigi-me, na companhia de Jules, que por sua vez procurava brinquedos para os filhos, à segunda igreja que eu localizara, que, de acordo com as indicações do mapa hoje aberto em cima de minha escrivaninha, era a igreja de São Roque, da qual percorri todos os altares, um por um, até que o sacristão, que apagava as luzes à minha passagem, me expulsou da igreja. Eu disse a Jules: “Ninguém quer minhas oferendas”. Hesitei em deixá-las na primeira lata de lixo.

72

Eu amava aquelas crianças mais do que minha própria carne, como a carne de minha carne, embora elas não o fossem, e sem dúvida mais do que se de fato tivessem sido, talvez sinistramente porque o vírus HIV me permitira ter um lugar no sangue delas, compartilhar com elas aquele destino sanguíneo comum, ainda que todos os dias eu rezasse para que não fosse assim de jeito nenhum, ainda que minhas conjurações constantemente pedissem para que meu sangue fosse separado do delas, para que nunca houvesse nenhum intermediário, nenhum ponto de contato entre eles, mas meu amor por elas era um banho de sangue virtual no qual eu as mergulhava com pavor. O enfermeiro psiquiátrico que veio dar uma injeção na enlouquecida mulher do pensionista, depois que, numa alternância entre prostração e agressividade, ela teve energia para tomar impulso e se atirar pela janela, impedida in extremis por um soco na barriga, antes do qual ela tentara defenestrar seu recém-nascido e todos os objetos do apartamento, inclusive meus livros, que ela colecionava, como soubemos mais tarde, tendo lambuzado as paredes com o sangue de sua menstruação, aquele estranho, esbofeteado por ela assim que passou pela porta, disse aos íntimos da louca: "Agora só resta rezar". Chega um ponto no sofrimento, mesmo quando se é ateu, em que a única coisa a fazer é rezar, ou se dissolver completamente. Não acredito em Deus mas rezo pelas crianças, para que elas continuem vivas por muito tempo depois de mim, e mendigo orações a minha tia-avó Louise, que vai à missa todas as noites. No momento, não há nada que me mobilize mais do que procurar presentes capazes de agradar às crianças: para Loulou, vestidos de fada, como ela diz, de cambraia e seda, roupões de banho e carrinhos luminosos para Titi. Não há nada que me comova mais do que apertá-los em meus braços quando volto de Roma, pegar Loulou nos joelhos para ler uma história, ouvir o segredo maldoso sobre seu irmão que ela murmura em meu ouvido, e receber em meu ombro, num gesto de entrega, a cabecinha loira de Titi depois que ele, com os cotovelos sobre a mesa, a pressiona entre os punhos colados às têmporas, sinal de uma fadiga, temo eu, originária da minha. Não há nada que me encante mais do que ouvir sua voz flautada atendendo ao telefone e me dizendo, depois de reconhecer a minha: "Alô, Chuchu-banana? Cocozento! Bunda!". Acho que os prazeres que as crianças me proporcionam superaram os prazeres que a carne me daria, carnes atraentes e satisfatórias, às quais no momento renuncio por cansaço, preferindo acumular a meu redor objetos novos e desenhos, como o faraó que prepara a decoração de seu túmulo, com a multiplicação da própria imagem para designar sua entrada, ou, ao contrário, para enchê-lo de desvios, mentiras e ilusões.

73

Jules voltara traumatizado da viagem a Lisboa, tendo encontrado o filho com o corpo coberto de erupções vermelhas, os olhos inchados quase fechados, um edema nos joelhos e as pernas tortas, a pediatra decretara que o menino de três anos tinha uma broncopneumopatia complicada por uma alergia a antibióticos, e depois de seu retorno imediato eu telefonava todos os dias de Roma, para onde eu voltara por minha vez, para saber notícias, estava obcecado, paralisado com aquela imagem de Titi, incapaz de fazer o que quer que fosse, até mesmo continuar a leitura de *Perturbação*, de Thomas Bernhard. Eu odiava aquele Thomas Bernhard, ele era inegavelmente muito melhor escritor do que eu, no entanto não passava de um aporrinhador, um fuxiqueiro, um enchedor de linguiça, um criador de truísmos silogísticos, um noviço tuberculoso, um tergiversador evasivo, um diatribador enchedor de sacos salzburguenses, um gabarola que fazia tudo melhor que todo mundo, andar de bicicleta, escrever livros, pregar pregos, tocar violino, cantar, filosofar e odiar cotidianamente, um grosseirão antissocial consumido por tiques de tanto lançar as mesmas críticas, com sua grande e pesada pata de campônio holandês, sobre as mesmas quimeras, seu país natal e seus patriotas, os nazistas e os socialistas, as freiras, o pessoal de teatro, todos os outros escritores, especialmente os bons, e os críticos literários que incensavam ou desprezavam seus livros, sim, um pobre Dom Quixote enfatuado de si mesmo, aquele miserável vienense traidor de tudo, que não parava de proclamar seu gênio em todos os seus livros, que não passavam de coisinhas minúsculas, ideiazinhas minúsculas, rancorezinhos minúsculos, imagenzinhas minúsculas, impotenciazinhas minúsculas, nas quais aquele rabequista aporrinhava e patinhava ao longo de duzentas páginas, sem sequer tocar no fragmento que ele decidira ilustrar, com seu inigualável tom, até o brilho total ou até o apagamento, o embaralhamento de suas linhas, enlouquecendo o leitor com as repetições de sua imobilidade obsessiva, dando em seus nervos com pequenos golpes de arco tão exasperantes quanto um disco riscado, até que aqueles minúsculos quadros (uma criança que estuda violino no armário de sapatos do orfanato durante a guerra), aqueles minúsculos achados (o falso musicólogo que demora um volume inteiro para admitir que é definitivamente incapaz de escrever um ensaio sobre Mendelssohn Bartholdy), energizados pela beleza daquela escrita, era preciso reconhecer isso em algum momento desta sátira, se tornam mundos inteiros em si mesmos, perfeitas cosmogonias. De minha parte, eu cometera a imprudência de começar uma pungente partida de xadrez com Thomas Bernhard. A metástase bernhardiana, similar à progressão do vírus HIV que consome os linfócitos dentro de meu sangue, arruinando minhas defesas imunológicas, meus T4, diga-se de passagem que hoje, 22 de janeiro de 1989, levei dez dias para admiti-lo, para resolver dar um fim ao suspense que eu havia criado, pois no dia 12 de janeiro o doutor Chandi me revelara por telefone que minha contagem de T4 caíra para 291, de 368 para 291 em um mês, o que pode sugerir que depois de mais um mês de ofensiva do vírus HIV dentro de meu sangue minha contagem de T4 chegue a apenas (faço a conta na margem da página) 213, deixando-me assim, a não ser que eu faça improváveis transfusões, de fora do teste da vacina de Mockney e de seu eventual milagre, e beirando o limiar catastrófico que poderia ser retardado pela ingestão de AZT, se eu o preferir à Digitalina, que decidi comprar em frasco aqui na Itália, onde encontramos quase tudo sem prescrição, e se além disso meu corpo tolerar essa quimioterapia, portanto paralelamente ao vírus HIV, a metástase bernhardiana se propagou a toda velocidade em meus tecidos e reflexos vitais de escrita, ela a fagocita, absorve, captura e destrói toda sua naturalidade e personalidade para estender sobre ela seu domínio devastador. Assim como ainda tenho esperança, e no fundo não estou nem aí, de receber a vacina de Mockney que me livrará do vírus HIV, ou mesmo de receber seu simulacro, seu duplo-cego, da mesma forma que almejo ser injetado em qualquer lugar e em qualquer momento e por qualquer um, como em meus sonhos, com água ou qualquer porcaria, que considerarei com firmeza ou ceticismo como sendo a vacina salvadora de Mockney, correndo o risco de ser inoculado com raiva, peste e lepra por mãos asquerosas, aguardo com impaciência a vacina literária que me livrará do sortilégio que infligi a mim mesmo deliberadamente por intermédio de Thomas Bernhard, transformando a observação e a admiração de sua escrita, embora até hoje eu só tenha lido três ou quatro livros seus e não a soma aterradora que se estende na lista "do mesmo autor", em motivo paródico de escrita e em ameaça patogênica, em aids, escrevendo assim um livro essencialmente bernhardiano em seus elementos, realizando por meio de uma ficção imitativa uma espécie de ensaio sobre Thomas Bernhard, com quem de fato eu quis rivalizar, que eu quis pegar de surpresa e superar em sua própria monstruosidade, como ele mesmo fez em falsos ensaios, disfarçado de Glenn Gould, Mendelssohn Bartholdy ou, acredito, Tintoretto, e ao contrário de seu personagem Wertheimer, que desistiu de se tornar um virtuose do piano no dia em que ouviu Glenn Gould tocar as *Variações Goldberg*, não desisti quando compreendi seu gênio, em vez disso me rebelei diante da virtuosidade de Thomas Bernhard, e eu, pobre Guibert, trabalhei com mais força ainda, armei-me para igualar o mestre contemporâneo, eu, o pobre e pequeno Guibert, ex--dono do mundo que encontrou adversários mais fortes que ele na aids e em Thomas Bernhard.

74

Hesito em forjar uma falsa prescrição, anotada às pressas num papelzinho, com todas as abreviações, verídicas, usos e dosagens ditados pelo cardiologista de Paris a quem eu teria telefonado em pânico por causa da crise de taquicardia de minha tia-avó Suzanne, para conseguir o veneno, a Digitalina, que seria o contraveneno radical para o vírus do HIV e apagaria sua ação prejudicial junto com os batimentos de meu coração, porque temo que ter o frasco ao alcance das mãos baste para imediatamente passar ao ato, sem reflexão, sem que meu gesto esteja ligado a alguma decisão decorrente de depressão ou desespero, eu colocaria as setenta gotas num copo d'água e as tomaria, e depois o que faria? Deitaria na cama? Desligaria o telefone? Colocaria uma música? Que música? Quanto tempo levaria para meu coração parar de bater? Eu pensaria no quê? Em quem? Não sentiria uma súbita vontade de ouvir o som de uma voz? Mas qual? Alguma voz que eu nunca imaginaria querer ouvir naquele momento? Eu gostaria de me masturbar até meu sangue parar, até minha mão voar para longe de meu punho? Não terei acabado de fazer uma grande besteira? Não teria sido melhor me enforcar? Dobrando os joelhos, basta um radiador, disse Matou. Eu não deveria ter esperado? Esperado a falsa morte natural causada pelo vírus? E continuado a escrever livros e a desenhar, de novo e de novo, em profusão, até o desatino?

75

Meu livro condenado, aquele que comecei no outono de 1987, ignorando tudo ou fingindo ignorar tudo o que aconteceria comigo, ou quase tudo, o livro pronto que decretei inacabado e que pedi a Jules que destruísse, não tendo coragem de destruí-lo eu mesmo e lhe pedindo que aceitasse fazer o que eu recusara a Muzil, o grande livro interminável e enfadonho, raso como uma cronologia, que contava minha vida dos dezoito aos trinta anos e se intitulava *Adultos!*. Eu previra acrescentar-lhe a epígrafe de uma entrevista inédita com Orson Welles, datada de 1982, transcrita por mim durante um almoço com Eugénie no restaurante Lucas-Carton: "Quando pequeno, eu olhava para o céu, estendia o punho para ele e dizia: 'Sou contra'. Agora, olho para o céu e penso: 'Como é bonito'. Quando eu tinha quinze anos, queria ter vinte, para escapar de todos os comportamentos da adolescência. A adolescência é uma doença. Quando não estou trabalhando volto a ser adolescente, e poderia muito bem me tornar um criminoso. Adoro a juventude. É um momento em que estamos nos transformando em homem ou mulher, mas em que isso ainda não aconteceu totalmente. Um momento perigoso. É uma verdadeira tragédia querer permanecer na infância. Sofrer da falta de infância. Chamam isso de '*bleading childhood*', a juventude que continua sangrando". Eu tinha esse grande livro raso e trabalhoso nas mãos e, antes mesmo de tê-lo começado, sabia que de todo modo ele permaneceria incompleto e bastardo, pois não tinha coragem de enfrentar sua verdadeira primeira frase, que me vinha aos lábios e que eu sempre repelia para o mais longe possível de mim, como uma verdadeira maldição, tentando esquecê-la, porque ela era a premonição mais injusta do mundo, porque temia validá-la através da escrita: "Foi preciso que o sofrimento caísse sobre nós". Foi preciso, que horror, para que meu livro visse o dia.

76

Acabei estando presente no verdadeiro fechamento do hospital Claude-Bernard, na manhã de 1º de fevereiro de 1989, quando não quiseram nem tirar meu sangue, o que teria complicado a mudança. Gaivotas voavam na bruma e eu examinava uma a uma as pilhas de detritos como se as fotografasse: uma velha balança de madeira, pantufas dentro de uma caixa com ampolas de cloreto de potássio, cadeiras, colchões, mesas de cabeceira, uma tina de reanimação dentro da qual se depositara um pouco de neve, atravessada por tubos de soro. Por fim, naquele deserto, uma ambulância chegou ao pavilhão da doença mortal, dois maqueiros retiraram a padiola com seu ocupante, saí do caminho para evitá-lo, não queria presenciar aquilo, tinha medo de ver algum conhecido. Mas o cadáver de olhos vivos me alcançou no corredor, ele não conseguiu esperar o dia seguinte, em que haveria a ocupação da nova sede no hospital Rothschild, ele precisou morrer em plena mudança. Eu não queria vê-lo mas ele me viu, e o olhar do cadáver vivo é o único olhar inesquecível no mundo. Cartazes da associação de Stéphane estavam afixados acima de almofadas manchadas, com seus convites para brunches e sessões de relaxamento. O doutor Chandi mandou chamar o doutor Gulken para me ver e dar uma segunda opinião. O doutor Gulken disse numa voz calma: "Não posso esconder-lhe que o AZT é um produto de altíssima toxicidade, que age na medula óssea e que, para bloquear a reprodução do vírus, também paralisa a reprodução vital dos glóbulos vermelhos, dos glóbulos brancos e das plaquetas que permitem a coagulação". O AZT, hoje fabricado industrialmente, foi criado em 1964 a partir do sêmen de arenques e salmões, no âmbito da pesquisa contra o câncer, mas foi logo abandonado devido à sua ineficácia. Em dezembro, o doutor Chandi dizia: "Agora não é mais uma questão de anos, mas de meses". Em fevereiro, ele dera um salto, pois dizia: "Agora, se não fizermos nada, será uma questão de algumas boas semanas ou poucos meses". E ele determinou com exatidão o adiamento conferido pelo AZT: "entre doze e quinze meses". Em 1º de fevereiro, Thomas Bernhard tinha apenas onze dias de vida pela frente. No dia 10 de fevereiro, peguei na farmácia do hospital Rothschild minhas cartelas de AZT, que escondi dentro do casaco ao sair, porque contrabandistas na calçada me olhavam como se quisessem roubá-las para amigos africanos, mas até hoje, 20 de março, em que faço a revisão deste livro, continuo sem ter tomado nenhuma cápsula de AZT. Na bula do remédio, todo doente pode ler a lista de efeitos colaterais "mais ou menos incômodos" que ele pode causar: "náusea, vômito, perda de apetite, dor de cabeça, erupção cutânea, dor de barriga, dores musculares, formigamento das extremidades, insônia, sensação de fadiga, mal-estar, sonolência, diarreia, vertigem, suor, falta de ar, digestão difícil, perda de paladar, dores torácicas, tosse, baixa vivacidade intelectual, ansiedade, necessidade frequente de urinar, depressão, dores generalizadas, urticária, coceira, síndrome pseudogripal". Disfunção genital, desintegração das faculdades sensoriais, impotência.

77

No dia 28 de janeiro, na casa de Jules e Berthe, onde se convidara para jantar em comemoração a seu aniversário de cinquenta anos, Bill disse que não há lugar para o imprevisível na América, nos negócios dos "*capitalist adventurers*", não há lugar para mim, o amigo condenado, naquele país em que a desigualdade social não para de crescer, em que os ricos como ele podiam deduzir tudo dos impostos, seus carros, seus iates, seus apartamentos e seus sistemas de proteção contra os negros pobres, olhem para esses infelizes, dizem os colegas insuportáveis de Bill depois de seus jantares insuportáveis, trancando no sinal vermelho a trava automática das portas do carro para não precisar dar um centavo ao vagabundo negro limpador de para-brisa, todos são negros e dormem na calçada mesmo, enrolados em papelão, como ajudá-los se eles têm esses reflexos animais? Num país que diz essas coisas, não há tempo nem lugar para apresentar um amigo condenado ao colega, o grande pesquisador, e vaciná-lo sem abalar todo o sistema e se desvalorizar aos olhos do grande pesquisador. Para Bill, já sou um homem morto. Um homem prestes a tomar AZT já é um homem morto, que não pode ser resgatado. A vida sempre frágil demais não tem uso para o estorvo de uma agonia. Para Bill, é preciso olhar para a frente se não quisermos naufragar também. Ele deixara de segurar a mão de outro amigo, que entrara em coma, e de lhe enviar sinais de sua presença através da pressão de seus dedos, aquilo era demais para ele, eu certamente teria recusado, como ele. Bill me disse duas frases informativas ao me levar para casa de Jaguar, na noite de 28 de janeiro:

"Os americanos precisam de provas, então eles não param de fazer testes a torto e a direito, e enquanto isso as pessoas caem como moscas a nosso redor". E: "De todo modo, você não teria suportado envelhecer". Mas eu gostaria que Bill nocauteasse Mockney para roubar sua vacina e a trouxesse para mim no cofre gelado de seu pequeno avião funcional, aquele que fazia a ponte aérea entre Uagadugu e Bobo Diulasso, e que ele caísse no oceano Atlântico junto com o avião e a vacina que teria me salvado.

78

Acabei meu livro na manhã do dia 20. Comecei a tarde engolindo as duas cápsulas azuis que eu me recusava a tomar fazia três meses. Na parte externa das cápsulas havia um centauro com um rabo bipartido que lançava um raio, o remédio fora renomeado Retrovir, vade-retro, Satanás. Na manhã do dia 21, comecei outro livro, que abandonei no mesmo dia, seguindo o conselho de Matou, que me dissera: "Assim você vai ficar louco, e pare imediatamente de tomar essa substância, que parece uma grande porcaria". No dia 22 me senti perfeitamente bem, mas tive uma dor de cabeça violenta no dia 23, e logo depois náuseas, uma repulsa por comida e especialmente por vinho, que até então era o principal reconforto de minhas noites.

79

Desde que detinha aquela munição, escondida num saco de papel branco atrás das roupas, no fundo de uma gaveta, a questão se tornou saber com que posologia começar o tratamento. O doutor Gulken me encaminhara a um de seus colegas romanos, o doutor Otto, que trabalhava no hospital Spallanzani, onde a cada quinze dias eu devia fazer um exame de sangue e me reabastecer de cápsulas. O doutor Chandi dizia que eu devia começar com doze por dia, mas o doutor Otto recomendava apenas seis cápsulas: "Com doze miligramas você logo desenvolverá uma anemia, precisaríamos fazer transfusões, não adiantaria nada". Ao que o doutor Chandi respondeu: "Seria estúpido privar-se da máxima eficácia do remédio". Essas tergiversações me ajudaram a recuar diante do tratamento, eu também tinha o pretexto de precisar terminar meu livro. Deixei uma mensagem na secretária eletrônica de Bill em Miami, ele me ligou à noite. Fingi consultá-lo a respeito da posologia, o que era uma maneira clara de lhe suplicar: me tire daqui, faça alguma coisa por mim, conceda-me ao menos os nove meses de prorrogação da vacina. Mas ele fez ouvidos moucos e se ateve escrupulosamente à questão da dosagem: "Não sei muito sobre o AZT, mas tenho a impressão de que Chandi tem a mão um pouco pesada, em seu lugar eu seguiria o conselho do italiano". No hospital Spallanzani, recebi a ficha que programava meus exames de sangue ao longo de vários meses, mas eu ainda não tinha começado a tomar o remédio. Voltei a ver o doutor Otto para lhe confessar que não conseguia me atirar de cabeça no tratamento, ele respondeu: "Começar agora ou mais tarde, parar amanhã e recomeçar depois de amanhã, nada disso tem a menor importância, porque não sabemos nada sobre o assunto. Nem sobre quando começar o tratamento, ou com qual dose. Quem disser o contrário estará mentindo. Seu médico na França prescreveu doze cápsulas, eu, seis, então faça uma média e comece com oito por dia". O doutor Chandi disse que aquela era uma fala perigosa.

80

Às sete horas, cruzei com minha vendedora de jornais na Piazza di San Silvestro. Surpresa de me ver tão cedo, ela me lançou um "Bom trabalho!". Eu estava indo tirar sangue, ela não estava totalmente errada. Minha ficha no hospital ainda não estava regularizada, faltavam vários documentos que eu precisava solicitar à administração francesa e italiana. O doutor Otto me dissera para mesmo assim chegar às oito horas, pois ele avisaria uma enfermeira, mas ele tinha esquecido de avisá-la e precisei esperar até depois das dez, quando ele chegou. Passei o tempo entre as escadas do pavilhão, onde o sol batia, e os dois bancos de fórmica do primeiro andar, que formavam uma sala de espera. Uma garota toda de preto, com um chapéu preto, pressionava uma echarpe preta contra a bochecha, gemendo e se lamentando mais alto quando o médico passava. Quando ele entrava e saía do consultório, formava-se como que uma revoada de pardais enlouquecidos à frente da porta. Um velho homossexual crispado lia, num dicionário de músicos, a vida de Prokofiev. Um jovem junkie, entediado, doce, com olheiras pretas, colocara a jaqueta com forro de ovelha no corrimão da escada e olhava para as pernas das enfermeiras. A maioria dos doentes são junkies envelhecidos antes do tempo, com trinta anos mas aparência de cinquenta, eles chegam sem fôlego ao primeiro andar, têm a pele enrugada, azulada, mas o olhar claro e brilhante. Reina uma incrível fraternidade entre esses junkies que se conhecem e se encontram por acaso para fazer sua coleta de sangue quinzenal e levar suas doses de AZT, eles são alegres, brincam com as enfermeiras.

A garota de preto saiu toda pimpona da consulta, a echarpe longe da bochecha, sem se dar ao trabalho de atuar porque tinha passado na frente de todo mundo. O jovem junkie foi chamado pelo nome: Ranieri. Minha enfermeira também vem me buscar e me leva para uma enfermaria vazia, ela se senta perto de mim sobre um leito, para colocar o garrote. Fala comigo enquanto o sangue cai gota por gota dentro do tubo: "O que você escreve, então? Romances policiais?". "Não, histórias de amor." Ela gargalha: "Não acredito, você é novo demais para escrever histórias de amor". Preciso levar o tubo pessoalmente ao laboratório. Ao voltar para a rua, cruzo com minha enfermeira num carrinho desconjuntado, ela buzina para mim sorrindo. Mais adiante, na direção do ponto de ônibus, percebo que caminho atrás de Ranieri. Com a jaqueta no ombro, o braço nu com a camisa arregaçada, vejo-o arrancar o curativo ao passar na frente de uma lata de lixo. Há uma energia maravilhosa em seu gesto, hesito em alcançá-lo e deixo-o desaparecer.

81

Sempre que eu voltava ao Spallanzani, e eu fazia isso mais que o necessário, com certo entusiasmo, como se fosse para um encontro agradável, saindo cedo sob o ar ainda fresco para pegar o 319 na Piazza Venezia, que atravessava o Tibre até a Via Portuense, na verdade para observar de dentro as cenas que eu surpreendia no hospital ao deixar minha cota de sangue, à espera da doçura que não deixava de surgir em meio à maior selvageria, vagando entre os pavilhões desertos, trancados como no Claude-Bernard mas com algo de estival concebido para a sesta, com suas venezianas nas fachadas rosadas e ocres, suas palmeiras, ao passar na frente do laboratório Fleming para chegar ao Day Hospital eu era invariavelmente ultrapassado por um carro fúnebre vazio que buscava um corpo. Eu gostava de reencontrar os funcionários do Spallanzani: a enorme freira de véu branco e limpo, com seu rosto de buldogue enrubescido, um sorriso calmo desenhado nos lábios, deslizando sobre tamancos brancos, sempre com alguma coisa na mão, uma prescrição, o novo relatório interno catastrófico ou uma caixa quadrada de madeira com tubos cheios de sangue que balançavam em seus compartimentos e faziam um barulho de vidro batendo; a velha enfermeira cafetina empoada e maquiada, indiferente a tudo, ranzinza inveterada mas muito generosa, o cabelo loiro fino demais recém-saído dos bobes, bastante incomodada por todos os seus filhos estarem doentes ao mesmo tempo; a morena frisada que no fundo não era má pessoa, apenas categórica em relação ao regulamento, a melhor coletora de sangue; o enfermeiro que parecia um armário, com pelos saindo do colarinho abotoado, grandes patas com luvas de borracha, que fixava o paciente sem nunca demonstrar qualquer expressão de aversão ou simpatia, absolutamente fechado; o bravo napolitano compreensivo que sempre tinha algo caloroso a dizer em francês. O doutor Otto pregara acima de seu computador uma citação de São Francisco de Assis: "Ajude-me a suportar o que não posso compreender. Ajude-me a mudar o que não posso suportar". Os doentes, qualquer que fosse sua idade, dezoito ou trinta e cinco anos, quase sempre chegam acompanhados de um dos pais, as filhas com o pai, os filhos com a mãe. Eles não se falam, esperam lado a lado no banco, unidos no infortúnio, e de repente têm um extraordinário impulso de ternura, pegam a mão um do outro, o filho deita a cabeça no ombro da mãe. Um cadáver vivo, que não tem nenhum parente para acompanhá-lo, reduzido a viver entre idas e vindas de hospitalizações e um improvável domicílio, com uma grande mala que ele não consegue carregar sozinho, é acompanhado por uma velhíssima freira toda de preto, resignada, plácida, de queixo saliente, um sorriso imutável na boca chupada pela ausência de dentadura, ruminando enquanto lê uma fotonovela. Seus mundos são os mais opostos que existem, mas eles se entendem e, naquela situação, poderíamos dizer que se amam. O cadáver vivo de crânio pelado e cabelos como tufos de algodão cinza colados numa calota de plástico volta da cozinha, onde a mulher ou a irmã de outro cadáver vivo acaba de mendigar um pratinho a mais de purê, com meia laranja, e estende um pedaço à freira, que fica contente de ter um pouco de frescor e acidez na boca.

82

Sexta-feira, 21 de abril, em Paris, jantar a sós com Bill, no Vaudeville. Bill: "Seus olhos não estão nem um pouco com o amarelo que eu esperava, pensei que sua pele também teria sofrido bastante, aparentemente você tolera muito bem o remédio...". Depois: "Um dia diremos que a aids causou um genocídio americano. Os americanos determinaram suas vítimas: drogados, homossexuais, prisioneiros. Eles dão tempo à aids, para que ela faça sua faxina sorrateira, com discrição e profundidade. Os pesquisadores não têm a menor ideia do que a doença representa, trabalham em seus microscópios, com esquemas e abstrações. Eles são pais de família, nunca entram em contato com os doentes, não podem imaginar seu medo e seu sofrimento, não têm nenhum senso de urgência. Então se perdem em protocolos que nunca ficam prontos, e em autorizações que levam anos para chegar, enquanto as pessoas morrem ao nosso lado e poderíamos salvá-las... Quando penso em Olaf, lembro que ele foi um sacana completo por me deixar depois de seis anos de vida em comum, mas no fim sou muito grato a ele. Sem isso, eu teria continuado minha vida dissoluta e teria inevitavelmente pegado essa porcaria, você hoje me veria em maus lençóis". Bill me anuncia naquela noite que Mockney e ele decidiram inocular o vírus desativado em si mesmos, para mostrar aos céticos que não havia risco algum.

83

Vi Ranieri, o junkie do Spallanzani, flertando com turistas alemãs na escadaria da Piazza di Spagna. Nossos olhares se cruzaram, ele também me reconheceu, mas eu tenho uma vantagem sobre ele, pois ele não sabe meu nome. Agora cruzo com ele regularmente, em geral à noite, quando David e eu pegamos a Via Frattina para jantar. Ranieri está com dois amigos. Assim que detectamos a presença um do outro, algo em nós se despedaça, somos virtualmente desmascarados e denunciados, somos o veneno que se esconde na multidão, um pequeno sinal positivo tatuado aparece em nossas testas. Quem chantageará o outro primeiro, para obter seu corpo, ou seu dinheiro para comprar pó? Há pouco, eu caminhava pelas ruas, esvaziadas pelo calor extremo, quando esbarrei em Ranieri numa esquina, nós dois nos escondíamos atrás de óculos de sol, não nos viramos, não mudamos de direção ou a velocidade de nossos passos, e nenhum dos dois quis deixar o outro passar. Então seguimos lado a lado, um como a sombra do outro, no mesmo passo e na mesma direção, não podíamos mais nos separar sem virar bruscamente ou fugir. Eu disse para mim mesmo que o destino me propulsionava na direção daquele garoto, e que eu não devia evitá-lo. Continuei caminhando a seu lado e me virei para lhe dirigir a palavra. Seu rosto transpirava, notei atrás dos óculos a vítrea fixidez de seu olhar. Ranieri opôs à minha voz, como uma lança ou um escudo, um gesto mínimo de seu indicador esticado, que ele agitou sob meu nariz, sem mexer a mão, para me dizer que não, de uma maneira muito mais violenta que um soco ou um cuspe. Pensei então que o destino, apesar das aparências, ainda zelava por mim.

84

Bill me telefonou em Roma, de Paris, onde tinha acabado de chegar, em meados do mês de maio. Eu lhe disse na mesma hora que tinha começado a desenvolver um ressentimento por ele, e que preferia lhe confessar esse sentimento para tentar eliminá-lo e restaurar a amizade que ele estava minando. Primeiro, critiquei sua indelicadeza, em todos os sentidos: "Sua pele não está amarela demais", ou "Ainda bem que tive Olaf, senão estaria em maus lençóis hoje". Depois, mais fundamentalmente, suas promessas, de um ano e meio atrás, que ele ainda não honrara. Lembrei-lhe que ele me garantira, embora eu não lhe colocasse a faca no pescoço e não lhe pedisse nada, dadas as circunstâncias, que a inclusão de seus amigos seria uma condição para a criação do protocolo francês, e que, se houvesse qualquer problema, ele nos levaria para os Estados Unidos e nos faria vacinar por Mockney. Ele ainda não fizera nada; em vez disso, me deixara afundar no abismo e me aproximar da zona das piores ameaças. Falamos por uma hora. Foi um alívio formidável para os dois lados. Bill me disse que percebera tudo aquilo e que estava consciente da legitimidade de minhas críticas, que não calculara bem o tempo. No dia seguinte, porém, ele me ligou de seu carro, que seguia na direção de Fontainebleau, para discutir tudo de novo, dessa vez voltando as acusações contra mim: "Não entendo como você pode lamentar que Olaf tenha me impedido de pegar o vírus". Respondi: "Eu nunca disse isso, obviamente, mas como você mesmo disse, era como se um amigo dissesse ao outro: 'você está do lado ruim e eu não, graças a Deus…'. Mas o que critico em você é muito pior...". Bill interrompeu a conversa na mesma hora: "Ligo para você amanhã, sinto um calafrio de pensar que alguém possa estar nos ouvindo...". Eu lhe disse: "Quem estaria ouvindo? Chega um momento, sabe, em que esse tipo de coisa não faz a menor diferença". Pensei que Bill não devia estar sozinho no carro, e que ligara o viva-voz do telefone para o acompanhante. Ele não telefonou mais, nem no dia seguinte, nem durante todo o verão.

85

Uma manhã, no Spallanzani para o exame de sangue, meu nome criou certa confusão ao ser chamado, a enfermeira ficou de costas para me esconder alguma coisa: os dez tubos preparados com meu nome, com suas etiquetas, já estavam cheios de sangue e aguardavam na caixa de madeira para serem levados ao laboratório. Precisei procurar, junto com a enfermeira, entre os tubos que continuavam vazios, um nome que pudesse corresponder ao sangue que enchia os meus. Concluímos que uma certa Margherita enchera os tubos de Hervé Guibert. Meu nome foi coberto pelo dela nos primeiros tubos e a enfermeira fez novas etiquetas para cobrir os tubos com o nome de Margherita. Imaginem quantos mal-entendidos a inversão poderia causar. A gaveta da pequena mesa sobre a qual fechávamos o punho ficava sempre aberta, com suas gazes verde-acinzentadas de poeira, seu velho elástico para o garrote e a seringa com seu tubo de plástico flexível no qual o sangue entrava, puxado por um sistema de pressão a vácuo. Eu com frequência pensava, ao encontrar aquele material já preparado, que ele devia ter sido utilizado por meu predecessor, e também porque a enfermeira não parecia se apressar para jogar tudo fora quando eu saía.

86

Em outra manhã no Spallanzani precisei brigar para que coletassem meu sangue, porque eu me atrasara dez minutos em relação ao horário que não fora cumprido na vez anterior. Depois de quinze minutos de tergiversações com as enfermeiras, eu praticamente precisei coletá-lo sozinho, buscando os tubos vazios com meu nome na pilha de tubos não utilizados, apertando o elástico em torno de meu braço e o estendendo à enfermeira até ela se decidir a inserir a agulha. Por acaso, avistei-me num espelho naquele momento e me achei extraordinariamente bonito, embora havia meses só enxergasse um esqueleto. Eu acabava de descobrir uma coisa: eu teria que me acostumar com aquele rosto descarnado que o espelho sempre me devolvia como não pertencente a mim mas a meu cadáver, e eu teria, por cúmulo ou interrupção do narcisismo, que conseguir amá-lo.

87

Eu ainda não tinha o produto para o suicídio, pois sempre que estava numa farmácia e pegava minha falsa prescrição, escrita à mão ao telefone por causa da urgência de uma crise de taquicardia de minha tia, com quem eu fazia uma suposta viagem pela Itália, apesar da aparente veracidade do número de telefone de seu médico em Paris, que na verdade era o meu, que não podia ser atendido, e as falsas rasuras e correções no nome do produto e em sua posologia, e ainda que me vendo diante de uma pessoa de boa vontade que consultava seus manuais, telefonava ao depósito central ou se voltava para a tela do computador para constatar que o produto não estava mais disponível, minha tentativa malograva, eu empacava e dizia a mim mesmo que o destino queria me impedir de agir. Um belo dia, porém, entrei numa farmácia sem segundas intenções, com a ideia de comprar pasta de dente e sabonete, e acrescentei de repente à lista, depois da palavra Fluocaryl: Digitalina em gotas. Primeiro, a farmacêutica me disse que o produto não era mais fabricado. Ela me perguntou para quem era e para quê. Respondi, da maneira mais neutra possível (na verdade, eu tinha desistido da ideia e queria apenas que ela malograsse de uma vez por todas): "É para mim, tenho uma arritmia cardíaca". A farmacêutica, como as outras, folheou seu guia Vidal, procurou no computador e me trouxe dois produtos similares, em gotas. O fato de eu hesitar em pegar aqueles substitutos jogou a meu favor: demonstrei o contrário da impaciência ligada à dependência. A farmacêutica me disse para voltar no dia seguinte, ela faria o possível para encontrar o produto original. No dia seguinte, quando entrei por acaso na farmácia, assim que passei pela porta, apesar da multidão de clientes que esperava ser atendida e dos óculos escuros que escondiam meu rosto, a farmacêutica detectou minha presença imediatamente e gritou do outro extremo da loja, com ar triunfal: "A Digitalina chegou!". Em toda minha vida, nenhum vendedor jamais me vendeu algo com tanta alegria. A farmacêutica enrolou o produto num pedacinho de papel pardo, minha morte custava menos de dez francos. Ela me desejou um bom-dia num tom radiante e solene, como uma funcionária de uma agência de viagens que tivesse acabado de me vender uma volta ao mundo e me desejasse bons ventos.

88

Quinta-feira, 14 de setembro: vou jantar na casa de Robin e estou impaciente para conhecer Eduardo, o jovem espanhol que Bill tomou a seu encargo depois de descobri-lo soropositivo. Eduardo chegou de manhã de Madrid e vai embora no dia seguinte, para se encontrar com Bill nos Estados Unidos. Robin me faz sentar a seu lado, observo-o com o canto do olho, furtivamente. Ele é um jovem gracioso, como uma corça assustada que cora facilmente, veste-se sem elegância mas cada um de seus gestos emana uma lânguida distinção. Ele não fala. Ele quer escrever. Seu olhar já carrega o pânico que surpreendo no meu há dois anos. Assim que começamos a comer o telefone toca, é Bill, nosso demiurgo nos espia à distância, Robin sai da mesa para conversar com mais tranquilidade na escada. Ele volta dizendo que Bill quer falar comigo. Ele não me liga desde o mês de maio, o famoso telefonema do carro. Hesito em pedir que digam que estou afônico, seria espantoso demais para os presentes. Robin me diz, estendendo o telefone sem fio: "Atenda na escada, vocês ficarão mais à vontade". A voz de Bill soa distante e crepitante, com o eco que nos interrompe: "Então, ainda ressentido comigo?". Há tanta arrogância em seu tom que finjo não entender e pergunto: "Você está em Miami? Em Montreal?". "Não, em Nova York, esquina da 42 com a 121, septuagésimo sexto andar. Mas perguntei se continua irritado comigo". Sigo fingindo que não ouvi: "Vocês vão ganhar ou perder?". (Os jornais falam da luta impiedosa que opõe a Dumontel, empresa para a qual Bill trabalha, à inglesa Milland, em competição por um produtor canadense de vacinas, que poderia distribuir em grande escala o soro de Mockney.) "Perdemos a primeira rodada", responde Bill, "mas ainda não desistimos. Ligo para você amanhã, poderia passar o telefone para Eduardo?" Volto à mesa com o telefone e quase digo aos presentes: "O próximo soropositivo está sendo chamado". Tenho uma suspeita naquela noite, mas ela é vertiginosa demais para que eu mesmo acredite nela.

89

No dia 20 de setembro, jantar no China's Club com Robin: sua escuta extraordinariamente atenta e amigável me permite, pela primeira vez, expor com mais clareza minha teoria a respeito de Bill, que Jules se recusava a ouvir até então, dizendo que em certos momentos não se devia sufocar o senso de urgência com divagações romanescas. Eu disse a Robin, delineando o cerne de minha hipótese, que assim como para mim a aids seria um paradigma em meu projeto de desvelamento interno e de enunciação do indizível, para Bill a aids seria o modelo do segredo de sua vida. A aids lhe permite assumir o papel de quem dá as cartas em nosso pequeno grupo de amigos, que ele manipula como um grupo de experimentação científica. Ele recrutou o doutor Chandi como seu intermediário, como um guarda-vento entre o mundo dos negócios e o mundo dos doentes. O doutor Chandi é um executante de seus desígnios, um polo encarregado de reter os dados mais secretos e, paradoxalmente, não difundi-los. Por um ano e meio, para supostamente salvar minha pele, precisei ser transparente com Bill: ter que responder a todo momento sobre sua declinante contagem de T4 é pior que ter que mostrar o volume de sua cueca. Bill, graças à isca da vacina de Mockney, conseguiu ver meu pau por um ano e meio. Quando tentei me livrar de sua ascendência, denunciando-a, ele deve ter se sentido desmascarado e temeu deixar de dar as cartas naquela rede de relações amigáveis que ele sabiamente tecera entre mim e você, seu irmão, Gustave, Chandi, e todo o pequeno clã, confiando a uns o que escondia dos outros. Penso que ele se fixou especialmente em você por meio do destino de seu irmão, e sobre mim, diretamente ameaçado, porque somos pessoas que realizam aquilo que chamam de obra, e porque a obra é o exorcismo da impotência. Ao mesmo tempo, a doença inelutável é o cúmulo da impotência. Pessoas poderosas empoderadas por suas obras reduzidas à impotência, essas são as criaturas fascinantes que Bill pôde manipular estendendo sobre elas o poder fictício da salvação. Bill não suportava minhas críticas: se eu as comunicasse a nosso grupo, elas acabariam com seu esquema. Ele tomou a frente virando-as contra mim, borrifando-as sobre as diferentes antenas do grupo: Chandi, você, Gustave, censurando-me por ter lhe feito críticas injustificadas e mascarando a acusação principal com críticas periféricas, que de fato podiam passar por ninharias. Por isso acredito que havia alguém com ele no carro quando me telefonou e disse, acuado: "Preciso desligar, tenho medo de que alguém possa estar nos ouvindo", porque ele precisava de uma testemunha naquela inversão de acusações. Depois disso, ele tinha um pretexto para me abandonar sem precisar prestar contas ao grupo ("ele perdeu a cabeça, não podemos fazer mais nada por ele"), e associar outro a seu plano, que funciona como uma miragem. A próxima vítima é portanto Eduardo, o jovem espanhol, que lhe permite fazer durar um pouco mais aquele jogo, que, coincidentemente, tanto o sacia. Essas foram mais ou menos as palavras que eu disse a Robin, que no fim respondeu: "Nunca vou esquecer nenhuma das palavras que você pronunciou esta noite".

90

Pensei avistar Ranieri, o junkie, nos jardins da Villa. Ele se esgueirava pelo Bosco na direção de meu pavilhão. Voltei à farmácia para pedir, com três semanas de intervalo, a segunda dose de Digitalina, necessária à parada cardíaca. Dessa vez, o rosto da farmacêutica transpareceu certa inquietação, ela me perguntou: "Esse remédio lhe faz bem?". Respondi: "Sim, é bem suave".

91

Sábado, 7 de outubro, na ilha de Elba: mal entramos na casa, com os objetos e caixas que trouxemos de meu alojamento em Roma, e o telefone toca, Gustave atende, ouço-o dizer: "Sim, Bill". Muito agitado, Bill liga de Nova York, ficamos sabendo que foi severamente repreendido por Robin, ele diz que a vacina de Mockney finalmente recebera, na véspera, a licença de uma organização bastante rigorosa que até então bloqueava tudo, o que permitiria multiplicar os testes nos Estados Unidos: "Assim, se você tiver qualquer problema com o protocolo francês, venha para Los Angeles por três ou quatro dias, mais tarde fazemos os reforços em Paris". Depois de uma passagem por Genebra, Bill estará em Paris no fim de semana, ele sugere que nós dois, junto com Chandi, analisemos a situação, "mas", acrescenta, "não posso ser eu a marcar o encontro".

92

Sexta-feira, 13 de outubro, ao meio-dia, no consultório do doutor Chandi. A primeira coisa que ele me diz é que precisará trapacear para me fazer entrar no protocolo francês. Estamos falando do primeiro grupo, com apenas quinze pessoas, sem duplo-cego, destinado a testar a toxicidade do produto. Os candidatos não podem ter passado por nenhum tratamento e ter a contagem de T4 acima de 200. Os últimos exames me dão exatos 200. Não basta mentir, dizendo ao médico do Exército responsável pela parte clínica do experimento "Não tomei AZT", mas fazer todo vestígio do medicamento desaparecer de meu sangue. O AZT aparece imediatamente através de um aumento do volume globular, para fazê-lo diminuir eu precisaria parar o tratamento no mínimo um mês antes da primeira coleta de sangue. Essa interrupção do tratamento corre o risco de fazer minha contagem de T4 cair para menos de 200, o que também me deixaria de fora. O doutor Chandi, concentrado demais em me falar da vacina, não nota o estado em que me encontro: emagreci cinco quilos e estou absolutamente exausto. Percebo o pânico em seu olhar: nós dois estamos encurralados, por causa de Bill, a não ser que façamos alguma improvável acrobacia. Pela primeira vez, sinto pena do doutor Chandi, que de repente vejo, no espaço daquele segundo de verdade em que ele deve me ver como um homem irremediavelmente condenado, como um capacho de Bill.

93

O encontro foi marcado para domingo, 15 de outubro, às 15h30 na casa de Bill. Até o último minuto, pensei que ele o desmarcaria. O doutor Chandi disse: "É importante encurralá-lo, colocá-lo contra a parede, um será testemunha do outro em eventuais promessas da parte de Bill". Chego adiantado e me encolho num banco da praça ao lado da igreja Notre-Dame-des-Champs. Vejo a chegada de Bill, que sai de seu Jaguar de óculos escuros e chaves na mão, atravessando o bulevar com seu passo saltado de velho caubói cool, logo seguido pelo doutor Chandi, que estaciona seu novo carro vermelho atrás do Jaguar de Bill e caminha correndo, com a camisa entreaberta, tênis nos pés e pasta embaixo do braço. Tenho a súbita impressão de ser eu a manipular aqueles dois indivíduos. Deixo passar alguns segundos antes de entrar por minha vez sob o pórtico onde Chandi acaba de desaparecer, nosso encontro a três não terá nenhum preâmbulo a dois. Bill me acolhe calorosamente: "Aqui está nosso querido Hervelino, que nem parece em tão mau estado assim!". Percebo, pois Bill começa a falar imediatamente, temos direito a uma conferência magistral sobre a história da vacina e os problemas éticos envolvidos, para fugir do assunto, penso eu, que sofro, desde o início de minha doença, de uma espécie de esquizofrenia: compreendo perfeitamente o discurso de Bill, por mais complexo que ele seja, mas me emboto assim que se trata de meu próprio caso. Não entendo mais nada, me bloqueio, se faço uma pergunta crucial esqueço imediatamente a resposta. Chandi interrompe a arenga bem preparada de Bill: "E o que você pode fazer concretamente por Hervé?”. O doutor Chandi, trêmulo com a gravidade de sua pergunta, acrescenta a meu caso outro caso-limite importante para ele, um paciente cuja contagem oscila em torno de 200 T4 e que vem sendo tratado com AZT, e pergunta a Bill: “Se você conseguir que Hervé seja vacinado nos Estados Unidos, poderia também fazer alguma coisa por um caso análogo?”. Vejo no rosto de Bill, que tenta não transparecer nada, que esse pedido lhe proporciona uma alegria profunda, que ele o conforta em sua sensação de poder, e que manter ou quebrar sua palavra apenas reforçará esse poder cego. Ele esboça um estranho sorriso crispado, tem uma ausência momentânea ligada à sua alegria, e responde vulgarmente a Chandi, que lhe pede um favor para um homem: “Desde que não seja uma excursão inteira... Sim, o que fiz por Eduardo posso muito bem fazer por Hervé e por um desconhecido, por que não...”. Então, com a maior calma do mundo, Bill começa a explicar uma coisa escandalizante: como ele fizera com Eduardo, o jovem espanhol que três meses antes ele nem conhecia, irmão de Tony, por quem ele estava apaixonado, e cujos pais tinham se oposto a que viajasse para os Estados Unidos com Bill. Eduardo tinha sido recém-infectado pelo amante, um fotógrafo de moda, que estava morrendo num hospital madrileno, em condições que Bill disse superarem amplamente as que conheci em Roma. Avisado pelo irmão da posição-chave de Bill, Eduardo lhe escrevera cartas emocionantes, “quero que leia essas cartas”, me disse Bill, “você saberá dizer, mas acho que um escritor acaba de nascer”. Quando Bill nos faz entender que Eduardo foi vacinado, quase saio da sala batendo a porta, mas mudo de ideia e ouço o comovente relato com um sorriso enternecido. Chandi tem uma espécie de transtorno físico, como se sufocasse, ele atira a cabeça para trás, fecha os olhos e aperta os dedos sobre eles, respira com dificuldade. Depois, pega a carta que recebeu da sociedade Dumontel, que lhe revela de que modo seu trabalho será remunerado em relação aos testes: como um caçador de cabeças, pelo número de pacientes recrutados e vacinados, o que não corresponde nem um pouco ao que Bill lhe oferecera. Pergunto: "E o que faremos se minha contagem de T4 cair para menos de 200?". "Teremos que roubar a vacina", respondeu Chandi. E Bill: "Entraremos na clandestinidade". Nada definitivo é decidido em relação a mim. Mas devo jantar com Bill à noite, ele me sugere isso com uma piscadela quando nos despedimos de Chandi no bulevar.

94

Tanto Edwige quanto Jules, avisados por telefone, me dizem que tenho muita coragem de ir jantar com aquele imbecil. Jules fica subitamente furioso com Bill, revoltado, enojado, tem lágrimas nos olhos ao me dizer: "Você não é um mitômano, propriamente falando; o problema não é tanto Bill não ter mantido suas promessas, mas tê-las feito. Agora entendo a que ponto Chandi é generoso". Ele me pede para levar uma agulha, furar meu dedo e pressioná-lo sobre o copo de vinho tinto de Bill assim que ele se ausentar da mesa, e só lhe dizer isso no dia seguinte. Decidi manter a calma, ir até o fim daquela lógica romanesca que me hipnotiza, em detrimento de toda ideia de sobrevivência. Sim, posso escrever, e esta sem dúvida é minha loucura, dou mais importância a meu livro do que a minha vida; eu não desistiria de meu livro para preservar minha vida, isso será o mais difícil de fazer as pessoas acreditarem e entenderem. Antes de ver o canalha em Bill, vejo um personagem em ouro maciço. Ao abrir a porta para mim, ele já sai dizendo: "Você viu o que Chandi teve? É estranho, não? Como você explica aquilo?". Depois, fingindo me estrangular: "Ah, e você estava ressentido comigo! Mas fique sabendo que eu senti ódio de você. Ódio, viu? Sabe o que é isso?". Sento-me em seu sofá e pego um cigarro, luto com um isqueiro em forma de lata de Coca-Cola e digo: "É um sentimento muito forte, de fato, quer falar mais sobre isso?". Mas Bill não quer falar sobre isso, justamente, ele desvia a conversa para seus eternos problemas de ética, para a desonestidade dos pesquisadores e para a urgência de salvar os doentes. Eu lhe digo que emagreci cinco quilos e que sinto uma espécie de atrofia de minhas capacidades musculares. Ele me pergunta se tive diarreia: "É a intolerância ao medicamento, seu fígado saturado não consegue filtrar os alimentos, por isso você definha. Chandi prescreveu essa porcaria em uso contínuo, sem intervalos? Chandi é ótimo, mas infelizmente não trabalha em universidade e vamos precisar que seja acompanhado por um pesquisador...". Pergunto a Bill, já que ele teve problemas hepáticos, se o fígado se recupera rapidamente: "E como! Se enxertarem em você um pedacinho de fígado, menos que um lobo, ele começa a crescer como erva daninha!". Pergunto: "Foi o que fizeram com você?". E ele: "Espere aí! De onde tirou isso? Não, o que fizeram comigo foi uma biópsia, coletaram um minúsculo pedaço de fígado para ver como eu me recuperava da hepatite".

95

Jules me perguntara de que modo a substância imunogênica de Mockney substituiria o vírus. "Ela não é um substituto", respondeu Bill, "e por isso é tão depreciada, porque, apesar de tudo, é um pedacinho de vírus injetado, ainda que desativado, e os pesquisadores da concorrência dizem que não podemos injetar o vírus em soronegativos, ainda faltam à vacina alguns adjuvantes, as gamaglobulinas não são suficientes." Bill me explicou que o vírus é diabólico porque se divide para criar uma isca que exaure o corpo e suas capacidades imunitárias. É o envelope do vírus que age como uma isca: assim que o organismo detecta sua presença, ele envia seus T4 em socorro, que, concentrados no envelope e como que cegados por ele, não detectam o núcleo do vírus, que passa incógnito por eles para infectar as células. Quando o vírus HIV começa a atacar, ele cria uma tourada dentro do corpo, em que a capa vermelha seria o envelope, a espada fatal o núcleo, e o animal exausto o homem. O agente imunogênico de Mockney é uma espécie de duplo perspicaz do vírus, que funciona como um decodificador, ensinando o corpo, através da reativação do sistema imunológico e da produção de anticorpos específicos, os reflexos adequados para detectar o plano de destruição do núcleo, até então turvado pela manobra diversionista desenvolvida pelo envelope. Mockney e Bill se inocularem a vacina deixou de ser uma questão.

96

Bill pede uma mesa afastada, na sala dos fundos do Grill Drouant, onde não há ninguém. Ele diz à mulher: "Temos assuntos importantíssimos a discutir". E prossegue, olhando para os presentes na primeira sala: "Assim ninguém poderá nos ouvir... Em Montreal, fui seguido. Vi um sujeito no hall do hotel, nada mal, vinte e cinco anos, não exatamente o tipo de clientela do hotel, não prestei muita atenção. Mas cruzei de novo com ele numa rua do bairro da luz vermelha, tarde da noite. O lugar tem uma boate de striptease de estudantes que fazem dinheiro extra para pagar as contas do mês, você se senta e eles passam na sua frente, você coloca dois dólares no *string* e eles o tiram, vinte dólares na meia e eles se aproximam um pouco mais. Saindo dessa boate, me deparei com esse sujeito, o que me pareceu estranho. Dei duas meias-voltas em duas ruas paralelas, um velho truque que me ensinaram em Berlim para os espiões da Alemanha Oriental. O sujeito continuou me seguindo. Despistei-o no bairro heterossexual. No hall do hotel, lá estava ele de novo, fingi não perceber. Ao entrar no elevador, porém, vi por um espelho que ele tirava um bloquinho para anotar alguma coisa. Acho que a empresa concorrente, Milland, é quem paga o sujeito. Tenho medo de chantagem, pressões, talvez eu tenha percebido tarde demais e eles tenham tirado fotos nas últimas vezes em que me diverti um pouco na boate. A homossexualidade só é possível neste mundo quando não falamos sobre ela. Mas ela não pode transparecer". Não perguntei a Bill o que ele fazia em Berlim depois da guerra com os espiões orientais. Durante todo o jantar, Bill não tirou os olhos de sua taça de vinho tinto chileno e tampouco se ausentou para ir ao banheiro.

97

Continuei agindo em duas frentes ao longo do jantar, coloquei na mesa o caso Eduardo. Bill parecia responder com toda inocência a minhas perguntas, como se não desconfiasse do traidor potencial que eu também podia ser. Demonstrei grande desapego, serenidade e emoção diante daquele lindo conto de fadas. Eu lhe disse: "Deve ter sido um momento emocionante... Foi você que aplicou a vacina? Se não, espero que tenha estado presente?". "Claro que sim", Bill respondeu. "E que revanche, para você, daquela família conservadora que o impediu de raptar o filho mais velho..." "Você não sabe da melhor", disse Bill, "o pai de Eduardo e Tony é diretor da Milland na Espanha, nosso concorrente número um... Achei que gostaria de saber desse detalhe... Em todo caso, corri um risco enorme por Eduardo..." "Um risco enorme", comentou Robin, a quem contei tudo, "e é feio dizer, mas esse risco não adiantará nada." Eduardo tem uma contagem de T4 acima de 1000, acaba de ser infectado: se havia uma urgência no círculo de Bill, certamente não era essa.

98

No dia 16 de outubro, depois de lutar por várias semanas com uma sensação de ardência do lado direito e uma acidez cada vez mais insuportável, decido parar de tomar o AZT. No dia 17, aviso o doutor Chandi por telefone, e acrescento: "Talvez não seja o momento de fazer profecias tão lúgubres, mas acho que nem você nem eu podemos contar com a palavra de Bill. Bill não tem palavra, ele provou isso se desobrigando, sem maiores explicações, de compromissos assumidos há um ano e meio e que ele seria obrigado a negar hoje, por covardia. Bill é um fantoche que não faz nada por generosidade, nem por humanidade. Ele não pertence a nosso mundo, ele não está do nosso lado, e nunca será um herói. O herói é aquele que ajuda o moribundo, é você, e o moribundo talvez seja eu. Bill nunca se daria ao trabalho de ajudar um moribundo, ele tem medo demais. Quando se viu na frente do amigo em coma no hospital, enquanto o irmão desse amigo o incentivava a se comunicar com ele através de toques em sua mão, ele só conseguiu segurá-la por um segundo, soltou-a dominado pelo medo e nunca mais a tocou".

99

À noite, saindo do aeroporto de Miami para voltar para sua casa, Bill ilumina com seus faróis um jovem hirsuto que corre de pés descalços, apenas de shorts, ao longo da autoestrada. Ele o convida a entrar em seu Jaguar americano, leva-o para casa, limpa-o em sua banheira, com exceção do sexo, que o energúmeno não lhe deixa tocar, nem mesmo na cama no escuro. No dia seguinte, Bill sai para lhe comprar roupas dos pés à cabeça, o jovem o chama de tio. Preocupado, dois dias depois, que o garoto o chame de pai, Bill, precisando ausentar-se para uma viagem de negócios, acompanha o garoto até um albergue da juventude, onde paga sua hospedagem por uma dezena de noites, e lhe dá mais cinquenta dólares. Quando Bill volta da viagem, todos os alarmes de sua casa dispararam: da garagem, do elevador privativo, do apartamento. Os vigias informam a Bill que o jovem bem-vestido tentou forçar sua entrada dia e noite, fazendo-se passar por seu filho, abandonado por um pai indigno. Bill encontra sua secretária eletrônica cheia de mensagens do garoto, cancela seu número e pede um novo, fora da lista telefônica. Assim que o novo número entra em funcionamento, o garoto, que o consegue com um guarda novato, liga para seu suposto pai. Bill não aguenta mais aquilo, cancela seu número de telefone pela segunda vez, e ao chegar em casa à noite depois de outra viagem, avista o garoto, de novo hirsuto, pés descalços e shorts, saindo de um arbusto e se atirando contra o Jaguar, que desvia. Bill o ameaça na frente dos vigias, diz que vai chamar a polícia. Assim que entra em casa, tendo desligado o sistema de alarme do trigésimo quinto andar do arranha-céu e os microfones que o conectam à central dos vigias, o telefone toca, Bill atende e ouve a voz melosa e implacável de um homem, que diz: "Alô? Aqui é Plumm, o treinador de macacos. Vejo que o senhor gosta de macaquinhos, acabo de receber uma nova remessa, que comecei a treinar. Se estiver interessado, não hesite em entrar em contato, fique com meu número".

100

A narrativa em abismo de meu livro se fecha sobre mim. Estou na merda. Até onde você quer me ver afundar? Morra, Bill! Meus músculos derreteram. Finalmente voltei a ter minhas pernas e meus braços de criança.

INSTITUT FRANÇAIS

AMBASSADE DE FRANCE AU BRÉSIL
Liberté
Égalité
Fraternité

Cet ouvrage a bénéficié du soutien des Programmes d'aides à la publication de l'Institut Français.

Este livro contou com o apoio à publicação do Institut Français.

Grafia atualizada segundo o Acordo Ortográfico da Língua Portuguesa de 1990, que entrou em vigor no Brasil em 2009.

capa
Violaine Cadinot
foto de capa
© Christine Guibert/ Cortesia de les Douches la Galerie, Paris
preparação
Erika Nogueira Vieira
revisão
Jane Pessoa
Ana Alvares

Dados Internacionais de Catalogação na Publicação (CIP)

Guibert, Hervé (1955-1991)
Ao amigo que não me salvou a vida / Hervé Guibert ; tradução Julia da Rosa Simões. — 1. ed. — São Paulo : Todavia, 2023.

Título original: À l'ami qui ne m'a pas sauvé la vie
ISBN 978-65-5692-422-9

1. Literatura francesa. 2. Romance. 3. Autoficção. I. Simões, Julia da Rosa. II. Título.

CDD 843

Índice para catálogo sistemático:
1. Literatura francesa : Romance 843

Bruna Heller — Bibliotecária — CRB 10/2348

todavia
Rua Luís Anhaia, 44
05433.020 São Paulo SP
T. 55 11. 3094 0500
www.todavialivros.com.br

fonte
Register*
papel
Pólen natural 80 g/m²
impressão
Geográfica

FSC
www.fsc.org
MISTO
Papel produzido
a partir de
fontes responsáveis
FSC® C019498